D0770611

Un artista del mundo flotante

Kazuo Ishiguro

Un artista del mundo flotante

Traducción de Angel Luis Hernández Francés

EDITORIAL ANAGRAMA
BARCELONA

Título de la edición original:
An Artist of the Floating World
Faber and Faber
Londres, 1986

Ilustración: Retrato de una geisha, cerámica pintada, Albert Anker
y Théodore Deck, 1880

Primera edición: noviembre 1989
Segunda edición: marzo 1994
Tercera edición: octubre 2017

Diseño de la colección: Julio Vivas y Estudio A

Pedró de la Creu, 58
08034 Barcelona

ISBN: 978-84-339-3176-4
Depósito Legal: B. 39116-1989

Printed in Spain

Liberdúplex, S. L. U., ctra. BV 2249, km 7,4 - Polígono Torrentfondo
08791 Sant Llorenç d'Hortons

A mis padres

Octubre, 1948

Si un día de sol toman ustedes el sendero que sube del puentecillo de madera, aún llamado por estos alrededores «el Puente de las Vacilaciones», no tendrán que andar mucho hasta ver, entre las copas de dos árboles ginkgo, el tejado de mi casa. Aunque no ocupara una posición tan dominante en la colina, la casa sobresaldría igualmente entre todas las demás. Así, al subir por el sendero, lo normal es preguntarse quién es el acaudalado propietario de tal mansión.

Y sin embargo no soy, ni jamás lo he sido, un hombre acaudalado. El aire imponente de la casa se explica diciendo que fue construida por el anterior propietario, el gran Akira Sugimura. Naturalmente, es posible que no conozcan ustedes esta ciudad y, en tal caso, el nombre de Akira Sugimura no les sonará de nada. Pero si preguntan ustedes a cualquiera que viviese aquí antes de la guerra, sabrán que durante más o menos treinta años Sugimura fue uno de los hombres más respetados e influyentes de la ciudad.

Así pues, cuando lleguen a lo alto de la colina y se detengan a mirar los hermosos cedros que flanquean la entrada, el amplio espacio que albergan los muros del jardín y el tejado, de una gran elegancia, con su cumbrera bellamente esculpida dominando el paisaje, quizá se pregunten ustedes cómo, siendo un hombre de modestos recursos, conseguí adquirir una propiedad semejante.

La verdad es que compré la casa por un precio simbólico, una cantidad que en aquella época no era, probablemente, ni la mitad del verdadero valor de la propiedad, y todo gracias a un procedimiento de lo más curioso –algunos hasta dirían absurdo– que la familia Sugimura utilizó durante la venta.

Los hechos ocurrieron hará unos quince años. Por aquellos días, mi situación económica parecía mejorar mes a mes y mi esposa empezó a presionarme para que buscara otra casa. Como mujer previsora que era, argumentaba la importancia de tener una casa acorde con nuestra posición, no por vanidad, sino por el bien de nuestras hijas, pensando en sus futuros matrimonios. La idea no era descabellada, pero dado que Setsuko, nuestra hija mayor, tenía sólo catorce o quince años, no consideré el asunto demasiado urgente. No obstante, durante cerca de un año, cada vez que oía que alguna casa interesante estaba en venta, me informaba. Fue uno de mis alumnos quien me hizo saber que iban a vender la casa de Akira Sugimura, muerto hacía un año. La sugerencia de que comprara semejante casa me pareció ridícula, pero la atribuí al exagerado respeto que mis alumnos sentían por mí. De todas formas, pedí información y obtuve una respuesta inesperada.

Una tarde recibí la visita de dos altivas damas de cabello gris. Resultaron ser las hijas de Akira Sugimura, y cuando expresé mi sorpresa por el hecho de que familia tan distinguida me confiriera una atención tan personal, la mayor de las hermanas me dijo fríamente que no habían venido sólo por cortesía. Durante los meses anteriores habían recibido muchas propuestas referentes a la casa de su difunto padre, pero al final la familia había decidido rechazarlas todas excepto cuatro, seleccionando cuidadosamente a estos cuatro candidatos según su reputación y sus buenas costumbres.

–Para nosotras –prosiguió–, lo importante es que la casa que construyó nuestro padre pase a ser propiedad de alguien que él mismo hubiera aceptado y estimado digno de ella. Como es natural, las circunstancias nos obligan a considerar también el aspecto económico, pero esto es algo absolutamente secundario. Con todo, hemos tenido que fijar un precio.

En ese momento, la hermana menor, que apenas había hablado, me ofreció un sobre y las dos se quedaron observándome con expresión severa mientras lo abría. Dentro del sobre había una hoja de papel en blanco donde no aparecía más que una cifra escrita elegantemente con un pincel. Estuve a punto de manifestar mi asombro ante un precio tan bajo, pero al ver las caras que tenía frente a mí, me di cuenta de que una discusión de tipo financiero sería considerada de mal gusto. La mayor de las hermanas se limitó a decir:

–No redundará en beneficio de ninguno de ustedes intentar rivalizar haciendo una oferta mejor. No tenemos ningún interés en recibir una cantidad mayor que la del precio fijado. Lo que tenemos intención de hacer a partir de ahora es, podríamos decir, una subasta de prestigio.

Me explicó que habían venido en persona para pedirme formalmente en nombre de la familia Sugimura que me sometiera, naturalmente junto a los otros tres candidatos, a una investigación más minuciosa de mis antecedentes y mis referencias, para que la familia pudiese así elegir al comprador apropiado.

Se trataba de un procedimiento fuera de lo común, pero no tuve nada que objetar. Después de todo, era como cuando se negocia un matrimonio. En realidad, me sentía halagado por el hecho de que aquella familia antigua y profundamente conservadora me considerara un candidato digno. Después de darles mi consentimiento para que llevasen a cabo la investigación y expresarles mi agradecimiento, la menor de las hermanas me dirigió la palabra por primera vez:

–Nuestro padre era un hombre cultivado, señor Ono.

Tenía gran respeto por los artistas y, por supuesto, conocía su obra.

Durante los días que siguieron hice algunas investigaciones por mi cuenta y descubrí que las palabras de la menor de las hermanas eran ciertas. Akira Sugimura había sido un gran entusiasta del arte y, en numerosas ocasiones, había financiado exposiciones. También escuché algunos rumores interesantes: al parecer, una parte importante de la familia Sugimura se había opuesto rotundamente a la venta de la casa, suscitándose discusiones desagradables. Al final, necesidades económicas habían motivado que la venta fuese inevitable, y los extraños procedimientos que caracterizaban la operación daban fe del compromiso alcanzado con aquellos miembros de la familia que no deseaban que la casa pasara a manos ajenas. No se podía negar que semejante proceder revelaba cierta altivez, pero personalmente aceptaba los sentimientos de una familia con tan ilustre historia. Mi esposa, en cambio, no aceptó de muy buen grado la idea de someternos a una investigación.

—Pero ¿quiénes se han creído que son? —protestó—. Deberíamos decirles que ya no queremos tener nada que ver con ellos.

—A mí no me parece mal —respondí—. ¿Tenemos acaso algo que ocultar? Bien es verdad que no provengo de una familia rica, pero no hay duda de que los Sugimura ya lo saben, lo cual, como ves, no les impide seguir considerándonos candidatos dignos. Déjales que investiguen, sólo encontrarán cosas a nuestro favor. —Y creí conveniente añadir—: En cualquier caso, están haciendo lo mismo que harían si estuviésemos negociando con ellos un matrimonio. Tenemos que ir acostumbrándonos a este tipo de cosas.

Por otra parte, lo de la «subasta de prestigio», como lo llamaba la hija mayor, me parecía un método admirable. Me pregunto incluso por qué no se resuelven las cosas más a menudo por este procedimiento. ¿No es acaso mucho más honroso tener en cuenta la conducta moral y la reputación de una persona que el tamaño de su cartera? Aún recuerdo la profunda satisfacción que sentí al enterarme de que los Sugimura, tras una investigación meticulosa, me habían considerado el comprador más digno de la casa que tanto apreciaban. Y ciertamente, valía la pena haber sufrido alguna que otra molestia por semejante mansión. Si por fuera resulta imponente, su interior está construido con maderas nobles, finísimas, seleccionadas por la belleza de sus fibras. Una vez instalados en ella, la casa nos pareció el lugar ideal para descansar y vivir tranquilos.

Sin embargo, la altivez de los Sugimura (algunos de ellos ni siquiera se molestaron en ocultar su hostilidad hacia nosotros) fue manifiesta durante la transacción. Un comprador menos comprensivo se habría ofendido y habría renunciado a proseguir el trato. Incluso años después, cuando me encontraba por casualidad con algún miembro de la familia, en lugar de charlar cortésmente, se quedaba plantado en medio de la calle preguntándome por el estado de la casa y por cualquier modificación que hubiese hecho.

Actualmente apenas oigo hablar de los Sugimura. No obstante, poco después de la rendición vino a verme la menor de las dos hermanas con las que había tratado la venta. Los años de guerra la habían convertido en una anciana delgada y achacosa. Como era característico en la familia, hizo escasos esfuerzos por ocultar que su preocupación residía en saber qué suerte había corrido la casa durante la guerra, sin preocuparle sus habitantes. Cuando le hablé de mi esposa y de Kenji me expresó su condolencia con frases lo más concisas posible e inmediatamente me acosó a preguntas a propósito de los daños causados por la bomba. Al principio, esta actitud me dispuso contra ella, pero pronto empecé a notar que sus ojos vagaban involuntariamente por la habitación y que sus ceremoniosas y medidas frases quedaban interrumpidas por pausas abruptas.

Fue entonces cuando advertí la ola de emoción que la invadía al encontrarse de nuevo en la casa. En ese momento caí en la cuenta de que la mayoría de los familiares que tenía en la época de la venta estarían muertos; empezó a darme lástima y me ofrecí a mostrársela.

La casa no había escapado a los daños de la guerra. Akira Sugimura le había añadido un ala por el lado este que comprendía tres amplias habitaciones comunicadas con el cuerpo principal de la casa por un largo corredor, que daba a uno de los lados del jardín. El corredor se destacaba por su longitud, y se llegó a insinuar que Sugimura había mandado construir el corredor y el ala este con el fin de mantener a sus padres a cierta distancia. El corredor era, en cualquier caso, una de las partes más atrayentes de la casa. Por las tardes el juego de luces y sombras se proyectaba en su interior y al pasar por él se tenía la impresión de estar caminando por un túnel de árboles. Esta parte había sido justamente la más afectada por la bomba, y conforme íbamos examinando los daños desde el jardín, vi que la señorita Sugimura estaba a punto de llorar. En aquellos momentos ya había dejado de sentir mi anterior irritación contra la anciana, de modo que la tranquilicé lo mejor que pude diciéndole que repararía los daños en cuanto tuviese ocasión y que la casa volvería a quedar como su padre la había construido.

Cuando le hice la promesa, aún no tenía idea de la penuria en que vivíamos. Durante mucho tiempo después de la rendición, a veces había que esperar varias semanas para obtener determinados tipos de madera o un surtido de clavos. Dadas las circunstancias, me vi obligado a centrarme en el cuerpo principal de la casa, que tampoco había escapado a los daños, razón por la cual la reparación del jardín y del ala este progresa con mucha lentitud. Hasta ahora he hecho lo que he podido para evitar que sigan deteriorándose; sin embargo, aún no es posible volver a abrir esa parte de la casa. Además, al quedarnos solos Noriko y yo, la necesidad de ampliar nuestro espacio vital no resulta apremiante.

Si hoy los condujera a la parte trasera de la casa y corriera la pesada mampara para permitirles contemplar los restos del corredor ajardinado de Sugimura, podrían hacerse una idea de lo pintoresco que fue en otro tiempo pero, sin duda, también repararían en las telarañas y en las manchas de moho que no he podido quitar, así como en los boquetes del techo, que sólo unas telas enceradas resguardan de la intemperie. A veces, a primera hora de la mañana corro la mampara para contemplar la luz del sol que se filtra por las telas enceradas, formando columnas de variados colores, y que pone de manifiesto nubes de polvo suspendidas en el aire, como si el techo se hubiese acabado de derrumbar en aquel instante.

Además del corredor y del ala este, la parte más seriamente dañada era la terraza. A mi familia, y especialmente a mis dos hijas, siempre les ha gustado mucho sentarse fuera para charlar y contemplar el jardín; por eso, cuando Setsuko, mi hija casada, vino a hacernos una visita después de la rendición, no me sorprendió que se entristeciera al ver el estado de la terraza. Por aquella época ya había reparado los daños más graves, pero los tablones del suelo aún seguían abombados y agrietados en el extremo de la terraza donde el impacto de la explosión había sido más fuerte. El tejado también estaba afectado, por lo que cuando llovía teníamos que llenar el suelo con recipientes para recoger el agua de las goteras.

Durante el pasado año, no obstante, pude hacer importantes progresos, de modo que cuando Setsuko vino a visitarnos de nuevo, el mes pasado, la terraza estaba más o menos restaurada. Noriko se había tomado unos días de permiso para atender a su hermana y, como hacía muy buen tiempo, las dos se pasaron muchas horas afuera como en otras épocas. Yo solía acompañarlas a menudo y, a veces, nos parecía haber vuelto a años atrás, cuando aprovechando los días de sol la familia se reunía en la terraza para conversar tranquilamente, casi siempre de temas sin importancia. Cierto día del mes pasado –probablemente a la mañana siguiente de la llegada de Setsuko–, después de haber desayunado los tres en la terraza, Noriko dijo:

–Me alegra mucho que por fin hayas venido, Setsuko. Así me quitarás a padre un poco de encima.

–Noriko, realmente...

Su hermana mayor se movió incómoda en el cojín.

–Ahora que padre se ha jubilado hay que estar constantemente pendiente de él –prosiguió Noriko sonriendo con malicia–. Hay que tenerlo ocupado; si no, se deprime.

–Realmente... –Setsuko sonrió nerviosa, después se volvió hacia el jardín suspirando–. El arce parece haberse recuperado del todo. Tiene un aspecto espléndido.

–Se nota que Setsuko no sabe cómo se encuentra usted ahora, padre. Aún le ve como el tirano que estaba siempre dando órdenes. En los últimos tiempos es usted mucho más benévolo, ¿verdad?

Yo me reí para hacerle comprender a Setsuko que su hermana no hablaba con mala intención, pero siguió sintiéndose incómoda. Noriko se volvió hacia ella y añadió:

–Necesita que lo cuiden muchísimo más. Se pasa el día deprimido dando vueltas por la casa.

–No le hagas caso –intervine yo–. Si me pasara el día deprimido, ¿quién habría hecho todas estas reparaciones?

–Sí –dijo Setsuko, volviéndose hacia mí sonriente–. La casa tiene un aspecto espléndido. Habrá trabajado usted mucho, padre.

–Hizo venir a unos hombres que le ayudaron en las tareas difíciles –dijo Noriko–. Créeme, Setsuko. Padre ha cambiado mucho. Ya no hay que tenerle miedo. Ahora es mucho más amable y hogareño.

–Realmente, Noriko...

–De vez en cuando hasta hace la comida. ¿No es increíble? Ultimamente cocina mucho mejor.

–Noriko, creo que ya está bien por hoy –dijo Setsuko conciliadora.

–¿No es cierto, padre? Ha hecho usted muchos progresos.

Yo volví a sonreír y meneé la cabeza, cansado. Recuerdo que en ese preciso momento Noriko se volvió hacia el jardín y, entornando los ojos por el sol, dijo:

–No puede estar pendiente de que yo venga a hacerle la comida una vez que me haya casado. Ya tendré bastante con mis cosas.

Setsuko, que hasta ese momento había mantenido la mirada perdida con expresión preocupada, después de oír a su hermana se volvió hacia mí con breve gesto interrogante, pero enseguida apartó los ojos sintiéndose obligada a devolverle la sonrisa a su hermana. Sin embargo, una profunda intranquilidad se había apoderado ya de Setsuko, y fue para ella un alivio que su hijo pasara corriendo frente a nosotros permitiéndonos así cambiar de tema.

–Por favor, Ichiro, estáte quieto –le gritó.

Sin duda, Ichiro, acostumbrado al reducido piso de sus padres, estaba fascinado por la amplitud de espacio que había en nuestra casa. De todas formas no parecía compartir el placer de estar sentados en la terraza y prefería recorrerla de un extremo a otro, patinando incluso sobre los pulidos tablones del suelo. Estuvo varias veces a punto de volcar la bandeja del té. Los ruegos de su madre para que se sentase habían sido inútiles. También esa vez su madre le había dicho que cogiese un cojín y se sentara, pero prefirió quedarse malhumorado al fondo de la terraza.

–Vamos, Ichiro –le grité–, ya estoy cansado de hablar sólo con mujeres. Ven a sentarte a mi lado, hablaremos de cosas de hombres.

Se acercó enseguida. Puso un cojín a mi lado y, al sentarse, adoptó una postura muy digna, con las manos en las caderas y los hombros bien echados hacia atrás.

–Oji –me dijo muy serio–, quiero preguntarle algo.

–¿Qué quieres saber, Ichiro?

–Quiero que me hable del monstruo.

–¿El monstruo?

–¿Es un monstruo prehistórico?

–¿Prehistórico? ¿Ya conoces esas palabras? ¡Qué chico más listo!

Al parecer, el cumplido hizo que Ichiro olvidara los buenos modales, porque se echó hacia atrás y empezó a lanzar vigorosas pataletas al aire.

–¡Ichiro! –le riñó Setsuko en voz baja– ¡Qué modales son ésos, y delante de tu abuelo! ¡Siéntate bien!

La única respuesta de Ichiro fue ir bajando los pies poco a poco hasta dejarlos inertes en el suelo. Después cruzó los brazos sobre el pecho y cerró los ojos.

–Oji –dijo con voz dormida–, ¿es un monstruo prehistórico?

–Pero ¿de qué monstruo me hablas, Ichiro?

–Discúlpele, por favor –dijo Setsuko con una sonrisa nerviosa–. Ayer, al llegar a la estación, vio el cartel anunciador de una película. Estuvo incomodando al taxista con un montón de preguntas. Ojalá hubiera visto yo el cartel.

–Oji, el monstruo ¿es prehistórico? ¡Dígame sí o no! ¡Quiero una respuesta!

–¡Ichiro!

Su madre lo miraba horrorizada.

–No sabría decirte, Ichiro. Creo que tendremos que ver la película para saberlo.

–¿Y cuándo vamos a ver la película?

–Hum..., mejor que hables con tu madre. Quizá sea una película demasiado aterradora para un niño, nunca se sabe.

Mi intención no había sido provocar a mi nieto. Sin

embargo, el efecto de mis palabras fue asombroso. Volvió a sentarse y me gritó con rabia:

–¡Cómo se atreve! ¡Qué quiere decir!

–¡Ichiro! –exclamó Setsuko consternada. Pero Ichiro siguió mirándome furioso y su madre tuvo que levantarse del cojín para acercarse a nosotros–. ¡Ichiro! –le susurró sacudiéndole el brazo–, ¡deja de mirar a tu abuelo de esa forma!

Volvió a tumbarse de espaldas y a sacudir los pies en el aire. Su madre volvió a sonreírme nerviosa.

–Pero ¡qué modales! –dijo. Al parecer, no supo qué más decir y volvió a sonreír.

–Ichiro-san –dijo Noriko, poniéndose en pie–, ¿por qué no me ayudas a retirar las cosas del desayuno?

–Eso es cosa de mujeres –dijo Ichiro, que seguía pataleando.

–¿Entonces no vas a ayudarme? A mí sola me va a costar mucho. No soy fuerte y la mesa es muy pesada. Veamos, ¿quién me ayuda?

Ichiro se levantó bruscamente y dando zancadas se metió en casa sin volverse a mirarnos. Noriko sonrió y entró tras él.

Setsuko los siguió con la mirada y, levantando la tetera, volvió a llenarme la taza.

–No tenía la menor idea de que las cosas fuesen tan deprisa –dijo en voz baja–. Me refiero a la boda de Noriko.

–Las cosas no van tan deprisa –dije meneando la cabeza–. La verdad es que aún no se ha decidido nada. Seguimos en una primerísima fase.

–Perdóneme, pero por lo que ha dicho Noriko hace un momento, pensaba que las cosas estaban más o menos... –Fue bajando la voz pero añadió enseguida–: Perdóneme. –Y lo dijo de tal modo que la pregunta se quedó flotando en el aire.

–El problema es que no es la primera vez que Noriko habla así –contesté–. Se ha estado comportando de un modo muy raro desde que empezamos las conversaciones para su boda. La semana pasada, el señor Mori nos hizo una visita, ¿te acuerdas de él?

–Claro. ¿Cómo se encuentra?

–Bastante bien. Pasaba por aquí y llamó para presentar sus respetos. Entonces Noriko empezó a hablar sobre su boda delante de él, con la misma actitud que ahora, como si todo estuviese resuelto. Fue una situación muy violenta. El señor Mori hasta me felicitó al irse, y me preguntó a qué se dedicaba el novio.

–Realmente –dijo Setsuko pensativa–, debió ser una situación embarazosa.

–Pero el señor Mori no tuvo ninguna culpa. Tú misma la acabas de oír. ¿Qué quieres que piense un extraño?

Mi hija no respondió y, durante unos instantes, nos quedamos sentados en silencio. Una de las veces en que dirigí mi mirada hacia ella, contemplaba el jardín, con la taza de té en las manos, aunque parecía haberse olvidado de ella. Fue ésa una de las ocasiones, durante su visita del mes pasado –quizá por la manera como le daba la luz–, en las que me di cuenta de pronto de que la estaba mirando embelesado; y es que, sin duda alguna, Setsuko es de esas personas que con el paso del tiempo se vuelven más hermosas. Cuando era más joven, a su madre y a mí nos preocupaba que su falta de atractivo le impidiese encontrar un buen marido. De niña, sus rasgos ya eran más bien masculinos, y en la adolescencia parecieron acentuársele aún más; tanto es así, que cada vez que mis hijas se peleaban, Noriko salía victoriosa con sólo gritarle a su hermana: «¡Eres un chico! ¡Eres un chico!» Y claro, nadie sabe qué efectos pueden tener esas cosas en la personalidad de alguien. No es casualidad que Noriko tenga un carácter fuerte y Setsuko sea tímida y retraída. Pues bien, parece que ahora, casi a los treinta años, Setsuko tiene cada día un aspecto más distinguido. Recuerdo que ya lo decía su madre: «Nuestra hija florecerá en verano.» Entonces yo no veía en sus palabras más que un modo de consolarse, pero durante el mes pasado varias veces me sorprendió comprobar cuánta razón tenía.

Setsuko volvió de su ensimismamiento y echó un vistazo al interior de la casa. De pronto dijo:

–Supongo que Noriko se quedaría muy trastornada por lo ocurrido el año pasado. Creo que más de lo que nos imaginamos.

Yo suspiré y asentí con la cabeza.

–Es posible que durante aquellos días no me ocupara de ella lo suficiente.

–Estoy segura de que hizo usted todo lo que pudo, padre. Pero esas cosas para una mujer son un trago terrible.

–Reconozco que en aquella época pensé que su comportamiento no era más que puro teatro, como ha ocurrido otras veces. Según ella, iba a casarse «por amor», de modo que cuando el compromiso se vino abajo, se vio forzada a comportarse en consecuencia. Quizá no todo fuera teatro.

–Nosotros nos reíamos –dijo Setsuko–, pero a lo mejor se casaba realmente por amor.

Nos quedamos de nuevo en silencio. Desde el interior de la casa llegaba hasta nuestros oídos la voz de Ichiro, que gritaba algo una y otra vez.

–Perdone –dijo Setsuko–, pero al final no llegamos a enterarnos de por qué había fracasado todo, ¿no es cierto? Fue tan inesperado...

–No tengo la menor idea. Pero ahora ya no tiene importancia.

–Claro. Discúlpeme.

Setsuko se quedó pensativa y al cabo de un rato volvió a la carga:

–Es que Suichi siempre me está preguntando qué ocurrió el año pasado y qué llevó a los Miyake a retractarse de ese modo. –Setsuko dejó escapar una risita, casi para sus adentros–. Está convencido de que le guardo algún secreto, de que no queremos contarle nada. Y siempre tengo que tranquilizarlo diciéndole que yo tampoco sé nada.

—Te aseguro —dije con cierta frialdad— que para mí también sigue siendo un misterio. Si yo supiera algo, no os lo ocultaría ni a Suichi ni a ti.

—Ya lo sé. Discúlpeme, se lo ruego. No era mi intención insinuar que... —Setsuko, incómoda, volvió a dejar otra frase a medias.

Puede que aquella mañana estuviese un poco brusco con mi hija, pero no era la primera vez que Setsuko me soltaba ese tipo de indirectas sobre lo ocurrido el año anterior y sobre la retractación de los Miyake. No sé qué podía hacerle pensar que seguía escondiéndole algo. Y suponiendo que los Miyake hubiesen tenido algún motivo especial para retractarse, es evidente que a mí no me lo habrían dicho.

Mi idea es que el asunto no tuvo nada de extraordinario. Cierto que el hecho de que se retractaran en el último momento fue inesperado, pero no hay motivos para pensar que detrás de su actitud hubiera nada raro. Para mí no fue más que un problema de posición social.

Los Miyake, por lo que yo había visto, eran la típica familia honrada y orgullosa que, ante la idea de un matrimonio en inferioridad de condiciones, debió de sentirse molesta. El caso es que, de haber ocurrido todo años atrás, se habrían retractado antes, pero como por un lado la pareja decía que se casaban «por amor», y por otro hoy día se habla tanto de las costumbres modernas, era normal que los Miyake, siendo como son, no supieran qué camino seguir. Eso es lo que pasó, sin más complicaciones.

También es posible que mi aprobación los confundiera. Para mí, el problema de la posición era irrelevante. No soy de los que se preocupan por ese tipo de cosas. De hecho, nunca he sido demasiado consciente de mi situación social; incluso ahora, cuando algo o alguien me recuerda la gran estima de la que gozo, me sigo sorprendiendo. La otra noche, sin ir más lejos, fui a tomar unas copas al antiguo barrio de los locales nocturnos, en concreto al bar de la señora Kawakami, donde últimamente los únicos clientes somos Shintaro y yo, y, como de costumbre, estábamos junto a la barra sentados en nuestros taburetes, charlando con la señora Kawakami. Como pasaban las horas sin que entrara nadie, la conversación adquirió un tono más personal. En un momento dado, la señora Kawakami se puso a hablar de un pariente suyo, un hombre joven, quejándose de que no conseguía encontrar un trabajo a la altura de su capacidad. Entonces Shintaro exclamó:

—¡Obasan, lo que tiene usted que hacer es enviárselo a Sensei! Un par de palabras suyas en el lugar adecuado y verá qué pronto encuentra su pariente un buen empleo.

—Pero Shintaro, ¿qué está diciendo? —protesté—. Ahora estoy jubilado. Ya no tengo ningún contacto.

—La recomendación de un hombre de su posición impresiona a cualquiera —insistió Shintaro—. Obasan, usted envíele el joven a Sensei.

La convicción con que hablaba Shintaro me desconcertó al principio, pero después me di cuenta de que Shintaro aún recordaba un pequeño favor que le había hecho a su hermano menor hacía años.

Debió de ser en 1935 o 1936 y, que yo recuerde, fue un asunto absolutamente banal, una carta de recomendación que le envié a un conocido mío del Ministerio de Asuntos Exteriores, o un favor por el estilo. El caso es que no le di la menor importancia, pero una tarde, estando tranquilamente en casa, mi esposa me anunció una visita.

—Hazlos pasar —respondí.

—Dicen que no quieren molestarte y que prefieren esperar fuera.

Me dirigí a la entrada y, de pie, en la puerta, estaban Shintaro y su hermano menor, que, por entonces, no era más que un muchacho. En cuanto me vieron empezaron a hacerme reverencias, sonriendo muy nerviosos.

–Entren, por favor –les dije, pero siguieron con sus reverencias y sonriendo–. Shintaro, por favor, suba al tatami.

–No, Sensei –dijo Shintaro sin dejar de sonreír ni de hacer reverencias–. Ya sabemos que venir a su casa así, sin anunciárselo, es el colmo de la impertinencia, pero ya no podíamos esperar más para darle las gracias.

–Vamos, entren. Me parece que Setsuko estaba preparando un poco de té.

–No, Sensei. Sería demasiado. En serio. –Y Shintaro, volviéndose a su hermano, le susurró de un modo apremiante–: ¡Yoshio! ¡Yoshio!

El joven dejó por fin de hacer reverencias y, muy nervioso, levantó su mirada hacia mí. Después dijo:

–Le estaré agradecido toda mi vida. Haré todo lo que esté en mis manos por mostrarme digno de su recomendación. Le aseguro que no le decepcionaré. Trabajaré mucho y me afanaré por satisfacer a mis superiores. Por muy lejos que llegue en el futuro, nunca olvidaré al hombre que me dio la oportunidad de abrirme camino en mi carrera.

–Pero si no fue nada, de verdad. No más de lo que usted se merece.

Al oír mis palabras, ambos protestaron enérgicamente, y, acto seguido, Shintaro le dijo a su hermano:

–Yoshio, ya hemos abusado bastante de Sensei. Pero ahora, antes de marcharnos, mira bien al hombre que te ha ayudado. Para nosotros es un gran privilegio tener por benefactor a persona tan influyente y generosa.

–Cierto –murmuró el joven con la mirada puesta en mí.

–Se lo ruego, Shintaro. Hacen que me sienta muy violento. Por favor, pasen y celebremos el éxito con un poco de sake.

–No, Sensei. Ahora tenemos que dejarlo. Ha sido una impertinencia por nuestra parte hacerle perder la tarde viniendo sin avisar, pero no podíamos demorar por más tiempo nuestro agradecimiento.

Reconozco que la visita me produjo mucha satisfacción. Fue uno de esos momentos que, de pronto, nos hacen ver lo lejos que hemos llegado en el curso de una larga carrera muy laboriosa y en la que apenas se puede uno detener a hacer balance. Y en verdad, casi sin darme cuenta, había encarrilado a un joven por el buen camino. Años atrás, me habría parecido un acto imposible, y sin embargo había llegado a semejante posición prácticamente sin advertirlo.

–Shintaro, desde entonces han cambiado muchas cosas –le comenté la otra noche en el bar de la señora Kawakami–, ahora estoy jubilado; ya no tengo tantos contactos.

A pesar de todo, es posible que Shintaro tenga razón, y que si optara por poner a prueba el alcance de mi reputación, volviera a llevarme otra sorpresa. Como he dicho, nunca he tenido una idea clara de mi posición.

En cualquier caso, el que Shintaro se muestre en ocasiones demasiado ingenuo es admirable; en nuestros días no es fácil tratar con gente libre del cinismo y la amargura propios de la época. Me produce cierta tranquilidad entrar en el bar de la señora Kawakami y encontrarme a Shintaro sentado junto a la barra, como en cualquier otra noche de los últimos diecisiete años, distraído y dándole vueltas a su gorra en el mostrador, con ese estilo tan personal. Realmente, para él es como si nada hubiera cambiado. Siempre me recibe muy educadamente, como si aún fuese mi alumno, y, a lo largo de la noche, por muy borracho que llegue a estar, me sigue llamando «Sensei» [Maestro], dirigiéndose a mí con la mayor deferencia. A veces incluso me hace preguntas sobre técnicas o estilos con toda el ansia de un joven principiante, aunque la verdad es que Shintaro, desde hace tiempo, ha dejado de interesarse por el verdadero arte. Hace ya bastantes años que se dedica a ilustrar libros y, según creo, últimamente se ha especializado en las bombas de incendios. Se pasa los días en un ático que utiliza como estudio, dibujando una bomba de incendios tras otra. Pero creo que por las noches, después de unas cuantas copas, se complace en imaginar que sigue siendo el joven artista discípulo mío que antaño fue.

Repetidas veces, la señora Kawakami (a quien no le falta cierta vena de malicia) se ha divertido con esa faceta infantil de Shintaro. Por ejemplo, hace algunas noches, durante una tormenta, Shintaro irrumpió en el bar y empezó a escurrir su gorra encima de la estera.

—¡Shintaro-san![1] —le gritó la señora Kawakami—, ¿qué modales son ésos?

Al oírla, Shintaro levantó la mirada muy afligido, como si de verdad hubiese cometido un delito atroz, y profirió una retahíla de disculpas, que animaron aún más a la señora Kawakami.

—¡Nunca he visto a nadie con peores modales! Por lo visto, Shintaro-san, no me tiene usted ningún respeto.

Al final, me decidí a intervenir:

—Ya está bien, Obasan. Ya está bien, dígale que no es más que una broma.

—¿Una broma? No bromeo en absoluto. ¡Realmente increíble!

Y así siguió hasta un punto en que daba pena ver a Shintaro. Por el contrario, en otras ocasiones Shintaro está convencido de que bromean con él cuando en realidad le están hablando muy en serio. Me acuerdo de una vez en que puso a la señora Kawakami en un aprieto cuando, a propósito de un general ejecutado hacía poco tiempo por crímenes de guerra, Shintaro declaró alegremente:

—Ya de niño admiraba a ese hombre. Me pregunto qué será de él. Seguramente estará retirado.

Algunos clientes nuevos que había aquella noche le mira-

1. «San», tratamiento de cortesía. (*N. del T.*)

ron con un gesto de desaprobación. Cuando la señora Kawakami, siempre preocupaba por su negocio, se dirigió a él y en voz baja le hizo saber la suerte que había corrido el general, Shintaro soltó una carcajada:

–Realmente, Obasan –dijo en voz alta–, algunas de sus bromas son el colmo.

En esta clase de asuntos, la ignorancia de Shintaro es con frecuencia notable pero, como he dicho, digna de admiración. Deberíamos agradecer que todavía queden personas libres del cinismo que reina en nuestros días. Y de hecho, es seguramente esta característica de Shintaro, esta impresión que da de seguir intacto y de que nada lo ha corrompido, lo que me ha llevado en el transcurso de estos últimos años a apreciar cada vez más su compañía.

En cuanto a la señora Kawakami, aunque hace lo posible por no caer en el estado de ánimo general, es innegable que los años de guerra la han envejecido de manera notable. Antes de la contienda aún pasaba por una «mujer joven», pero desde entonces parece como si algo dentro de ella se hubiera quebrado, hundido. No es sorprendente si pensamos en todos los seres queridos que ha perdido en la guerra. Llevar su negocio también le resulta cada día más difícil. Debe costarle creer que se encuentra en el mismo barrio en el que hará dieciséis o diecisiete años abrió su pequeño local porque, a decir verdad, de nuestro antiguo barrio de vida nocturna ya no queda nada. Todos aquellos que le hacían la competencia han cerrado y se han marchado, y más de una vez la señora Kawakami debe haberse planteado hacer lo mismo.

Sin embargo, el día que abrió su negocio era tal la concentración de bares y casas de comidas que, según recuerdo, había quien dudaba que el local sobreviviese mucho tiempo. En verdad apenas se podía caminar por ninguna callejuela sin rozar las numerosas banderolas de tela que pendían por todos lados, sobresaliendo de las fachadas de las tiendas y anunciando con alegres inscripciones los atractivos de sus respectivos establecimientos. Pero por aquel entonces, como había clientela suficiente, bares y restaurantes, por numerosos que fuesen, prosperaban. Por las noches, sobre todo si la temperatura era agradable, toda esta parte de la ciudad se llenaba de gente deambulando de un bar a otro, o simplemente parada y charlando en medio de la calle. Los coches no se atrevían a circular por la zona, e incluso las bicicletas tenían que ser empujadas a pie por entre la despreocupada multitud de peatones.

He dicho «nuestro barrio de vida nocturna», pero en realidad no era más que un lugar donde beber, comer y charlar. Las auténticas zonas de vida nocturna, las casas de geishas y los teatros, estaban en el centro de la ciudad. Yo siempre he preferido nuestro barrio. Atraía a una muchedumbre animada y al mismo tiempo respetable, gente en su mayoría como nosotros –artistas y escritores seducidos por la idea de conversar animadamente hasta bien entrada la noche–. Mi círculo frecuentaba un local llamado Migi-Hidari, situado en una plazuela pavimentada formada por el cruce de tres callejuelas. El Migi-Hidari, a diferencia de los locales próximos, era un gran recinto de dos plantas con un buen número de camareras vestidas tanto al estilo tradicional como al occidental. Aunque modestamente, había contribuido a que el Migi-Hidari sobresaliese entre sus competidores y, en agradecimiento, nuestro grupo disfrutaba de una mesa en una esquina, reservada sólo para nosotros. Los que conmigo bebían eran, en efecto, la elite de mi escuela: Kuroda, Murasaki, Tanaka, jóvenes brillantes cuya reputación iba en aumento. Todos gustaban de la conversación y aún guardo el recuerdo de los muchos debates apasionados que celebramos alrededor de aquella mesa.

Debo decir que Shintaro nunca formó parte de aquel grupo de elegidos. Yo lo habría admitido desde un principio, pero entre mis alumnos había un profundo sentido de la jerarquía y consideraban a Shintaro un personaje secundario. Recuerdo que una noche, poco después de que Shintaro y su hermano vinieran a hacerme aquella visita, hablé en nuestra mesa del episodio. A Kuroda y a sus amigos les pareció muy cómico el excesivo agradecimiento que los hermanos me habían manifestado por un «simple cargo de chupatintas». Entonces, en medio de un silencio solemne, todos me escucharon exponer mi idea de que la fama y una buena posición pueden ser el premio de alguien que no ha hecho más que consagrarse a su trabajo, no por alcanzarlas, sino simplemente por el placer de cumplir con su obligación lo mejor posible. En ese momento, uno de ellos –sin duda Kuroda– se inclinó hacia adelante y dijo:

–Desde hace algún tiempo sospecho que Sensei no es consciente del prestigio que tiene en esta ciudad. El ejemplo que nos acaba de citar lo demuestra. Su fama rebasa ya el mundo del arte y abarca todas las esferas. Es algo que Sensei ignora, lo cual es muy típico de su naturaleza modesta, como también es típico que le sorprenda saberse estimado. A los aquí presentes no nos sorprende en absoluto. Y es más, sólo nosotros sabemos que el profundo respeto que el gran público siente por él, no es tanto como el que se merece. A mí, personalmente, no me cabe la menor duda de que su reputación irá aumentando y, dentro de unos años, nuestro mayor orgullo será decir a los cuatro vientos que un día fuimos discípulos de Masuji Ono.

Ahora bien, nada de esto era extraordinario. A cierta hora de la noche, cuando todos estábamos un poco bebidos, era habitual que mis protegidos (y sobre todo Kuroda, a quien se consideraba portavoz del grupo) se pusieran a hacer declaraciones de fidelidad a mi persona. Como es natural, por lo general no les hacía ningún caso, pero aquella vez, como cuando Shintaro y su hermano se habían quedado en la entrada de mi casa deshaciéndose en sonrisas y reverencias, me sentí profundamente satisfecho.

No vayan a pensar que sólo simpatizaba con mis mejores alumnos. De hecho, creo que la primera vez que puse los pies en el bar de la señora Kawakami fue porque quería pasar la tarde hablando con Shintaro. Cuando intento rememorar aquella tarde advierto que mis recuerdos se funden con las imágenes y los sonidos de otras veladas, los farolillos colgados de las puertas, las risas de la gente apiñada fuera del Migi-Hidari, el olor de las fritadas, alguna camarera convenciendo a un cliente de que volviese con su esposa y, procedente de todas direcciones, el eco de las sandalias de madera al taconear sobre el cemento. Era una cálida noche de verano, de eso me acuerdo, y como no encontré a Shintaro en los locales que él frecuentaba, anduve de aquí para allá. A pesar de la competencia que había entre los establecimientos, reinaba en la zona cierto espíritu de vecindad, y cuando en uno de los bares pregunté por Shintaro, una camarera me aconsejó, sin ningún resentimiento, que lo buscara en el «sitio nuevo».

La señora Kawakami podrá hablar de los cambios, «arreglitos», como ella dice, que ha ido haciendo durante estos años; sin embargo, para mí, su establecimiento sigue teniendo el mismo aspecto que tenía aquella primera noche. Algo que llama la atención apenas se entra es el contraste entre el mostrador, bien iluminado por la luz cálida de unas lámparas bajas, y el resto de la sala, sumido en sombras. La mayoría de los clientes prefieren sentarse a la barra, a plena luz, de modo que el resto del local tiene un aire íntimo y acogedor. Recuerdo el placer que me produjo descubrir un sitio semejante, y hoy, a pesar de todas las modificaciones que ha sufrido su entorno, el sitio sigue siendo igual de agradable.

Es lo único que no ha cambiado. Cuando se sale del bar de la señora Kawakami, no es difícil llegar a pensar si no habrá uno estado bebiendo en algún rincón perdido del mundo, porque fuera, a su alrededor, no hay más que un desierto de ruinas y escombros, y sólo unos pocos edificios que se levantan detrás, a lo lejos, nos advierten que el local no dista mucho del centro de la ciudad. Son «los desastres de la guerra», dice la señora Kawakami, aunque yo recuerdo haber paseado por la zona poco después de la rendición y haber visto muchos edificios aún en pie, entre ellos el Migi-Hidari, que tenía las ventanas arrancadas y el tejado medio hundido. Recuerdo que caminé entre aquellos edificios destrozados, preguntándome si recobrarían la vida algún día. Y una mañana en que volví a pasar por allí, las excavadoras lo habían derribado todo.

Por eso ahora en la calle no hay más que escombros. No cabe duda de que las autoridades locales tendrán sus proyectos, pero el caso es que aquello sigue igual desde hace tres años. La lluvia va formando charcos pequeños, y el agua se estanca entre los ladrillos rotos. La señora Kawakami se ha visto obligada a instalar mosquiteras en las ventanas, cosa que, como ella dice, no es lo más propicio para atraer clientes.

En la misma acera donde se alza el edificio de la señora Kawakami hay otros que siguen en pie, pero están vacíos. Los que lo flanquean, por ejemplo, están sin ocupar desde hace algún tiempo. Si de pronto se volviera rica, nos cuenta a menudo, compraría los dos inmuebles y ampliaría su local. Mientras tanto, espera que vaya gente a ocuparlos, y ni siquiera le importaría que abriesen bares como el suyo, con tal de no tener que seguir viviendo en ese cementerio.

Si algún día también ustedes saliesen del bar de la señora Kawakami, quizá sintiesen el impulso de detenerse a contemplar la desolación del paisaje y, en la oscuridad, aún podrían distinguir los montones de maderas y ladrillos rotos, así como, desparramados aquí y allá, pedazos de tubería brotando del suelo como malas hierbas. Después, si siguieran andando entre los montones de escombros, verían brillar los charcos de agua reflejando a cada paso la luz de las farolas.

Y si al llegar al pie de la colina que sube hasta mi casa todavía no se ha puesto el sol, deténganse en el Puente de las

Vacilaciones y vuelvan la mirada hacia los restos del barrio de la vida nocturna: verán los antiguos postes telegráficos, alineados y aún sin cables, perdiéndose en la oscuridad del camino andado. Si también distinguen en lo alto de los postes unas manchas negras, son pájaros que se apiñan y encaraman como pueden, esperando posarse en los cables que un día surcaron el cielo.

Una noche, no hace mucho tiempo, me quedé un rato en el puente de madera y vi a lo lejos dos columnas de humo que salían entre los escombros. Pensé que podía tratarse de obreros del gobierno ocupados en algún programa lento e interminable, o de niños que disfrutaban haciendo alguna gamberrada. El caso es que aquellas columnas que se alzaban contra el cielo me pusieron melancólico. Eran como piras abandonadas de algún funeral. Un cementerio, como dice la señora Kawakami, y, efectivamente, es una imagen inevitable cuando uno piensa en la gente que frecuentó esta zona.

En fin, me estoy desviando del tema. Mi propósito era recordar algunos momentos de la visita que Setsuko nos hizo el mes pasado.

Como quizá haya dicho ya, casi todo el primer día de su estancia Setsuko estuvo en la terraza hablando con su hermana. En un momento dado, a última hora de la tarde, al enfrascarse mis hijas en temas de mujeres, recuerdo que las dejé para ir a buscar a mi nieto, que pocos minutos antes se había metido corriendo en casa.

En el pasillo oí un golpe fuerte y seco que hizo temblar las paredes. Alarmado, me apresuré a ir hacia el salón. A esa hora del día, nuestro salón ya está en penumbra. Por lo tanto, tras la luminosidad de la terraza, necesité unos instantes hasta poder ver y darme cuenta de que Ichiro no estaba en la sala. Entonces volví a oír un golpe, seguido de otros más, a la vez que mi nieto gritaba «¡Yeah! ¡Yeah!». El alboroto procedía de la habitación contigua, donde se encontraba el piano. Me acerqué a la puerta, escuché durante unos instantes y acto seguido corrí la mampara.

A diferencia del salón, esta habitación recibe la luz del sol durante todo el día. De haber sido algo más grande, por su buena iluminación hubiera resultado el sitio ideal para comer. Durante un tiempo la utilicé para almacenar mis materiales de pintura y mis cuadros, pero hoy, si quitara el piano vertical alemán, la habitación quedaría completamente vacía. No hay duda de que mi nieto había encontrado muy sugestivo aquel espacio despejado, como anteriormente le había ocurrido con la terraza, porque estaba cruzando la habitación de un extremo a otro, dando brincos y moviéndose de un modo extraño. Pensé entonces que debía de estar imitando a un jinete cabalgando al galope por algún llano. Como estaba de espaldas a la puerta, tardó en darse cuenta de que lo observaba.

–¡Oji! –dijo, volviéndose enfadado–. ¿No ve que estoy ocupado?

–Lo siento, Ichiro. No me he dado cuenta.

–¡Ahora no puedo jugar con usted!

–Cuánto lo siento. Desde ahí fuera me ha parecido tan interesante lo que estabas haciendo, que me he preguntado si podría entrar a mirar.

Durante un rato, mi nieto siguió mirándome malhumorado. Después, dijo en tono cortante:

–Está bien. Pero tiene que estar sentado y bien calladito. Ahora estoy ocupado.

–Muy bien –dije riéndome–. Muchas gracias, Ichiro.

Crucé la habitación ante la mirada furiosa de mi nieto y me senté junto a la ventana. La noche anterior, cuando llegó con su madre, le había regalado un bloc de dibujo y unas pinturas. Al sentarme me di cuenta de que tres o cuatro pinturas estaban tiradas por el suelo. Vi que en las primeras hojas había algo dibujado y, mientras me agachaba para examinar el bloc, Ichiro reanudó de pronto el espectáculo que yo había interrumpido.

—¡Yeah! ¡Yeah!

Lo observé un rato, pero la representación de Ichiro carecía de sentido para mí. Lo mismo se ponía a hacer el caballo que a guerrear contra un enemigo invisible. Durante todo el tiempo murmuraba frases en voz baja y, aunque me esforcé por elucidar lo que decía, creo que no empleaba verdaderas palabras; simplemente emitía ruidos con la lengua.

Estaba claro que Ichiro procuraba ignorarme al máximo. No obstante, mi presencia le incomodaba. En varias ocasiones se quedó paralizado de pronto, como si la inspiración le hubiese fallado. Por fin abandonó definitivamente la acción y se dejó caer en el suelo. Me pregunté si debía aplaudir, pero no hice nada.

—Fantástico, Ichiro. Pero dime, ¿a quién estabas imitando?

—Adivínelo, Oji.

—Uhmm. ¿Al gran Yoshitsune? ¿No? Entonces, a un guerrero samurai. O a un ninja. Al Ninja del Viento.

—Frío, frío, Oji.

—Pues dímelo entonces. ¿Quién eras?

—¡El Llanero Solitario!

—¿Qué?

—¡El Llanero Solitario! ¡Hey yu Silver!

—¿El Llanero Solitario? ¿Es un vaquero?

—¡Hey yu Silver!

Ichiro reemprendió el galope, esta vez relinchando.

Me quedé un rato observando a mi nieto y al final le pregunté:

—¿Quién te ha enseñado a jugar a vaqueros?

Pero el galope y los relinchos no cesaron.

—¡Ichiro! —dije con más firmeza—. Para un momento y escúchame. Es mucho más divertido jugar a ser un gran héroe como Yoshitsune, mucho más. ¿Quieres que te diga por qué? Escucha, Ichiro. Oji va a explicártelo. Ichiro, atiende a tu Oji-san, ¡Ichiro!

Quizá levanté la voz más de lo que había sido mi intención; lo cierto es que Ichiro se detuvo y me miró con cara de espanto. Seguí con mi mirada clavada en él durante unos instantes y después solté un suspiro.

–Lo siento, Ichiro. No debería haberte interrumpido. Puedes jugar a ser quien te dé la gana. Si quieres, hasta un vaquero. Te pido perdón, no sabía lo que decía.

Mi nieto siguió mirándome fijamente. Pensé que de un momento a otro se desharía en lágrimas o saldría corriendo de la habitación.

–Por favor, Ichiro, sigue con tus cosas.

Ichiro siguió mirándome fijamente y de pronto gritó:

–¡El Llanero Solitario! ¡Hey yu Silver!

Empezó a galopar de nuevo. Con los pies dio unos golpes aún más violentos, haciendo temblar toda la casa. Durante unos instantes seguí observándolo. Después alargué la mano y cogí el bloc de dibujo.

Ichiro había malgastado las tres o cuatro primeras páginas. Su técnica no era mala, pero los dibujos que había hecho, tranvías y trenes, estaban sin acabar. Ichiro se dio cuenta de que estaba examinando su bloc de dibujo y se me acercó a toda prisa.

–¡Oji! ¿Quién le ha dado permiso para mirar?

Intentó arrebatarme el bloc, pero no le dejé.

–No seas antipático, Ichiro. Oji quiere ver qué has estado haciendo con las pinturas que te dio. Tengo derecho, creo. –Cogí bien el bloc y lo abrí por el primer dibujo–. No está nada mal, Ichiro. Pero... ¿sabes?, aún podrías hacerlo mejor.

–¡Esos no!

Mi nieto intentó arrebatarme de nuevo el bloc, pero lo contuve con el brazo.

–¡Oji! ¡Devuélvame mi bloc!

–Ya está bien, Ichiro. Deja a tu Oji que lo vea. Mira Ichiro, acércame esas pinturas de ahí. Vamos a dibujar algo juntos. Oji va a enseñarte.

Mis palabras tuvieron un efecto sorprendente. Ichiro dejó de discutir y recogió las pinturas desparramadas por el suelo. Diría que estaba fascinado. Se sentó a mi lado y me dio las pinturas, observándome atentamente en silencio.

Doblé el bloc por una página en blanco y se lo dejé enfrente, en el suelo.

–Primero dibuja tú algo, Ichiro. Después veré si puedo ayudarte a mejorarlo. ¿Qué vas a dibujar?

Ichiro se quedó impasible. Pensativo, miró la página en blanco, pero no hizo ademán de empezar a dibujar.

–¿Por qué no intentas dibujar algo que hayas visto ayer? –le sugerí–. Algo que hayas visto apenas llegaste.

Ichiro siguió mirando el bloc. Después levantó la mirada y me preguntó:

–Oji, ¿fue usted un artista famoso?

–¿Un artista famoso? –dije riéndome–. Por supuesto. ¿Es eso lo que te ha dicho tu madre?

–Mi padre dice que era usted un artista famoso, pero que tuvo que dejarlo.

–Ya me he jubilado, Ichiro. A cierta edad, todo el mundo se jubila. Hay que descansar, todo el mundo se lo merece.

–Mi padre dice que lo tuvo que dejar porque Japón perdió la guerra.

Volví a reírme; después alargué la mano y cogí el bloc. Volví a las páginas del principio y miré los tranvías dibujados por mi nieto. Extendí el brazo para ver mejor uno de ellos.

–Ichiro, a cierta edad, uno sólo quiere descansar. Cuando tu padre tenga mi edad, también dejará su trabajo. Y un día, tú tendrás mi edad, y también querrás descansar. Bueno, y ahora... –Volví a la página en blanco y le puse el bloc otra vez enfrente–. ¿Qué vas a dibujarme, Ichiro?

–Oji, ¿fue usted el que pintó el cuadro del salón?

–No, es de un pintor llamado Urayama. ¿Por qué? ¿Te gusta?

–¿Y el cuadro que hay en el pasillo?

–Es de otro pintor, un artista muy amigo mío.

–Entonces, ¿dónde están sus cuadros?

–Ahora están guardados. Bueno, no nos distraigamos. ¿Qué quieres dibujar? ¿Te acuerdas de lo que viste ayer? ¿Qué ocurre, Ichiro? ¿Por qué estás tan callado?

–Quiero ver los cuadros de Oji.

–Seguro que un chico tan listo como tú se acuerda de todo. ¿Qué me dices del cartel que viste ayer? El del monstruo prehistórico. Seguro que alguien como tú lo dibujaría muy bien, mejor incluso que en el original.

Después de quedarse un rato pensativo, se dio la vuelta y, con la cara pegada al papel, empezó a dibujar.

En la parte inferior de la hoja dibujó con pintura marrón una serie de cajas que enseguida se convirtieron en un fondo de edificios y, dominando la ciudad, aparecía de pronto una criatura enorme, similar a un lagarto, que se erguía amenazante sobre sus patas traseras. Mi nieto cambió entonces de pintura. Cambió la marrón por la roja y dibujó unos destellos alrededor del lagarto.

–¿Qué es eso, Ichiro? ¿Fuego?

Ichiro siguió haciendo rayas rojas sin responderme.

–¿Por qué hay fuego, Ichiro? ¿Tiene algo que ver con la aparición del monstruo?

–Son cables de la luz –dijo Ichiro suspirando con impaciencia.

–¿Cables de la luz? Muy interesante. Me pregunto por qué producen fuego los cables de la luz. ¿Qué crees tú?

Ichiro volvió a suspirar y siguió dibujando. Cogió otra vez

la pintura marrón y, al pie de la página, empezó a dibujar gente muerta de miedo huyendo en todas direcciones.

–Muy bien, Ichiro –apunté yo–. Como recompensa, quizá te lleve a ver la película mañana. ¿Te gustaría verla?

Se quedó inmóvil y levantó la mirada hacia mí.

–Quizá pase usted mucho miedo, Oji –me dijo.

–No creo –dije riéndome–. Pero tu madre y tu tía seguro que se asustarán.

Al decir esto, Ichiro soltó una fuerte carcajada. Se tiró hacia atrás bruscamente y siguió riéndose.

–¡Mamá y tía Noriko muertas de miedo! –dijo gritando hacia el techo.

–Nosotros, los hombres, sí nos vamos a divertir, ¿verdad, Ichiro? Iremos mañana, ¿quieres? Nos llevaremos a las mujeres y, sin que se den cuenta, miraremos la cara de miedo que ponen.

Ichiro siguió riéndose con toda el alma.

–Tía Noriko se morirá de miedo apenas empiece.

–Es probable –dije riéndome–. Está bien, iremos todos mañana. Y ahora, Ichiro, será mejor que sigas haciendo el dibujo.

–¡Tía Noriko tendrá tanto miedo que querrá irse!

–Vamos, Ichiro, sigue. Lo estabas haciendo muy bien.

Ichiro se reincorporó y siguió dibujando. Sin embargo, ya no estaba tan concentrado como antes. Siguió añadiendo más y más figuras que huían, hasta mezclarlas todas. Al final ya no se distinguía lo que eran. Entonces, sin ningún cuidado, empezó a emborronar toda la parte inferior del dibujo.

–Ichiro, pero ¿qué haces? Si sigues así, te quedas sin cine. Ichiro, ya basta.

Ichiro se puso en pie de un brinco y gritó:

–¡Hey yu Silver!

–Ichiro, ¡siéntate! Aún no has terminado.

–¿Y tía Noriko?

–Está hablando con tu madre. Vamos Ichiro, todavía no has terminado el dibujo. ¡Ichiro!

Sin hacerme caso, salió corriendo de la habitación gritando:

–¡El Llanero Solitario! ¡Hey yu Silver!

Durante los minutos que siguieron, no recuerdo muy bien lo que hice. Supongo que permanecí sentado en la habitación del piano, mirando los dibujos de Ichiro, sin pensar en nada especial. Es algo que me ocurre muy a menudo últimamente. Al final me puse de pie y fui a buscar a mi familia.

A Setsuko la encontré sentada, sola, en la terraza, contemplando el jardín. El sol seguía brillando pero hacía más fresco. Al llegar yo, Setsuko se volvió y me puso un cojín en un sitio donde daba el sol.

–Padre, hemos hecho té –dijo–, ¿le apetece un poco?

Se lo agradecí y, mientras me servía, me quedé observando el jardín.

Nuestro jardín, a pesar de la guerra, tenía muy buen aspecto y seguía siendo el mismo que Akira Sugimura había diseñado hacía unos cuarenta años. En el otro extremo, cerca del muro del fondo, Noriko e Ichiro examinaban un bambú. Este arbusto, así como los demás árboles y plantas del jardín, por orden de Sugimura había sido trasplantado a éste ya crecido, desde algún otro lugar de la ciudad. Se dice que Sugimura, cuando paseaba, escudriñaba a través de las verjas de los jardines y si encontraba algún árbol o arbusto que le gustaba, ofrecía al propietario grandes sumas de dinero para que se lo vendiera. Verdad o no, es evidente que sabía elegir. El resultado fue, y sigue siendo, un jardín de una armonía espléndida, con un diseño tan libre y espontáneo, que nadie diría que se trata de un jardín artificial.

–Noriko siempre ha sido muy buena con los niños –dijo Setsuko mirándolos a los dos–. Ichiro le ha cogido mucho cariño.

–Qué gran chico es Ichiro –dije–. A diferencia de casi todos los niños de su edad, no es nada tímido.

–Espero que no le haya molestado mucho. A veces es muy obstinado. Si en algún momento se pone pesado, no dude en regañarle.

–Pero si nos llevamos muy bien. Hemos estado dibujando juntos.

–¿De verdad? Le encanta dibujar.

–También me ha ofrecido una pequeña representación. Es muy buen actor.

–Ah, sí, eso lo hace muchas veces.

–Las palabras que dice, ¿se las inventa? He intentado comprender lo que decía, pero no entendí nada.

Mi hija reprimió la risa con la mano.

–Eso es que estaba jugando a los vaqueros. Cuando juega a los vaqueros, hace como si hablara en inglés.

–¡En inglés! Vaya, vaya. Conque era eso.

–Un día lo llevamos a ver una película americana. Era una película del Oeste, y, desde ese día, le encanta jugar a los vaqueros. Tuvimos incluso que comprarle un sombrero. Está convencido de que con esos sonidos imita a los vaqueros. Le debe de haber resultado rarísimo.

–Entonces era eso –dije riéndome–. ¡Mi nieto se ha convertido en un vaquero!

La brisa mecía las hojas del jardín. Noriko estaba acurrucada junto al farol de piedra, cerca del muro del fondo, señalándole algo a Ichiro con el dedo.

–Y pensar –dije suspirando– que hace sólo unos pocos años a Ichiro no le habrían permitido ver ese tipo de películas.

Sin apartar su mirada del jardín, Setsuko dijo:

–Suichi piensa que más vale que le gusten los vaqueros a que idolatre a gente como Miyamoto Musashi. Suichi piensa que ahora, para los niños, los mejores ejemplos son los héroes americanos.

–¿Ah, sí? ¿Así es como piensa Suichi?

Ichiro parecía no interesarse por el farol de piedra, porque vimos cómo tiraba con fuerza del brazo de su tía. Setsuko, a mi lado, sonrió un poco violenta.

–Es muy insolente, este niño. Siempre arrastra a la gente de un lado para otro. ¡Qué modales!

–A propósito –dije–, Ichiro y yo vamos mañana al cine.

–¿De verdad?

E inmediatamente noté que Setsuko no parecía estar muy de acuerdo.

–Sí –dije–, parece que le apasiona el monstruo prehistórico. Pero no te preocupes, el periódico dice que es una película apta para niños de su edad.

–No, si de eso estoy segura.

–La verdad es que había pensado que podríamos ir todos. Sería como una salida familiar.

Setsuko carraspeó nerviosa:

–Sería muy divertido. Claro, a menos que Noriko haya hecho también sus planes para mañana.

–¿Tú crees? ¿Qué planes?

–Creo que ha pensado que fuésemos todos al parque de los ciervos. Aunque también podríamos ir otro día.

–No tenía la menor idea de que Noriko hubiese hecho planes. En cualquier caso, no me ha comentado nada. Yo ya le he dicho a Ichiro que mañana iremos al cine a ver esa película. Ahora no voy a desilusionarlo.

–Sí, creo que le gustará mucho ir al cine.

Ichiro subía por el sendero del jardín, llevando de la mano a Noriko. Yo les habría hablado enseguida de mis planes para el día siguiente, pero en vez de quedarse en la terraza, se metieron dentro para lavarse las manos. Hasta después de la cena, por lo tanto, no pude hablar del tema.

Aunque durante el día el comedor resulte algo lúgubre, dado que apenas entra el sol, después del atardecer, cuando encendemos la pantalla de encima de la mesa, el ambiente es más acogedor. Aquella noche, después de llevar un rato sentados alrededor de la mesa leyendo revistas y periódicos, le dije a mi nieto:

–Y bien, Ichiro, ¿ya le has dicho a tu tía lo de mañana?

Ichiro levantó la mirada de su libro, algo confuso.

–¿Nos llevamos a las mujeres, sí o no? –dije–. Recuerda lo que hablamos. Quizá les dé demasiado miedo.

Esta vez me comprendió y sonrió burlonamente.

–Sí, a tía Noriko quizá le dé mucho miedo –dijo–. ¿Le gustaría ir con nosotros, tía Noriko?

–¿Ir adónde, Ichiro-san? –preguntó Noriko.

–Al cine, a ver la película del monstruo.

–Había pensado que podríamos ir mañana todos al cine –expliqué yo–. Salir en familia, vamos.

–¿Mañana? –Noriko me miró y después se volvió hacia mi nieto–. Pero Ichiro, mañana no podemos. ¿No te acuerdas de que tenemos que ir al parque de los ciervos?

–Los ciervos pueden esperar –dije–. Al chico le hace ilusión ver la película.

–Ni hablar –dijo Noriko–. Ya está todo decidido. Y a la vuelta, le haremos una visita a la señora Watanabe. Tiene ganas de conocer a Ichiro. Ya lo habíamos decidido hace tiempo. ¿Verdad, Ichiro?

–Es usted muy amable –intervino Setsuko–, pero como es natural la señora Watanabe nos estará esperando. Quizá sería mejor dejar el cine para pasado mañana.

–Pero a Ichiro le hacía mucha ilusión –protesté–. ¿No es cierto, Ichiro? Estas mujeres, ¡qué pesadas son!

Ichiro, que parecía estar absorto en su libro, ni siquiera me miró.

–Vamos, díselo, Ichiro –insistí.

Pero mi nieto siguió con la mirada clavada en el libro.

–¡Ichiro!

De pronto dejó caer el libro en la mesa, se levantó y salió corriendo de la habitación en dirección al salón del piano.

Yo me reí.

–¿Veis? –le dije a Noriko–. Le habéis decepcionado. Deberíais haber dejado las cosas como estaban.

–Padre, no sea ridículo. Hace tiempo que habíamos quedado con la señora Watanabe. Además, es absurdo llevar a Ichiro a una película de ésas. No le gustan, ¿verdad que no, Setsuko?

Mi hija mayor sonrió incómoda.

–Padre, es muy amable –dijo–, quizá pasado mañana...

Me encogí de hombros y suspiré. Seguí leyendo el periódico y seguidamente, al ver que ninguna de las dos se ocupaba de Ichiro, me levanté y fui a buscarlo al salón del piano.

Ichiro, como no llegaba al cordón de la lámpara del techo, había encendido la lamparita de encima del piano. Se había sentado en el taburete, con un lado de la cabeza apoyado sobre la tapa. Como tenía media cara pegada a la madera oscura del piano, sus rasgos aparecían deformados. Aun así, pude captar su mal humor.

–Lo lamento, Ichiro –dije–. Pero no te preocupes. Iremos pasado mañana.

Al ver que no reaccionaba, le dije:

–Vamos Ichiro, no hay que darle tanta importancia.

Me acerqué a la ventana. Fuera ya era de noche y no vi más que mi reflejo y el de la habitación a mis espaldas en el cristal. En la otra habitación, las mujeres hablaban en voz baja.

–Vamos, Ichiro, anímate –le dije–. No tienes por qué preocuparte. Iremos pasado mañana, te lo prometo.

Cuando me volví hacia él, seguía con la cabeza apoyada en la tapa del piano, pero con los dedos daba golpecitos como si estuviese tocando las teclas.

Sonreí.

–Bien, Ichiro. Iremos pasado mañana. ¿O es que vamos a permitir que las mujeres nos den órdenes? –Y volví a sonreír–. Me parece que les da mucho miedo ir a ver esa película, ¿no crees?

Mi nieto tampoco reaccionó esta vez, aunque siguió dando golpecitos con los dedos sobre la tapa del piano. Decidí que era mejor dejarlo en paz durante un rato. Me reí otra vez y volví al comedor.

Mis hijas estaban sentadas en silencio, leyendo revistas. Me senté y suspiré profundamente, pero ninguna de las dos se inmutó. Ya había vuelto a ponerme las gafas y me disponía a leer cuando Noriko dijo en voz baja:

–Padre, ¿le preparo un poco de té?

–Eres muy amable, Noriko. Pero ahora no me apetece.

–¿Y a ti, Setsuko?

–No, gracias. Tampoco me apetece.

Seguimos leyendo. Al cabo de un rato, Setsuko dijo:

–Padre, ¿piensa venir mañana con nosotras? Así saldríamos igual en familia.

–Me gustaría mucho, pero tengo unas cosas pendientes para mañana.

–¿Cómo? –me espetó Noriko–. ¿Qué cosas son ésas? –Y volviéndose a Setsuko dijo–: No le hagas caso. No tiene nada que hacer. Se quedará todo el día en casa, afligido. Es lo que hace siempre.

–Estaría muy bien que nos acompañase usted, padre –insistió Setsuko.

–De verdad lo siento –dije mirando otra vez el periódico–, pero tengo un par de cosas pendientes.

–O sea, ¿que va a quedarse solo en casa? –preguntó Noriko.

–Si os vais todos, está claro que sí.

Setsuko tosió muy educadamente y después dijo:

–Entonces quizá también me quede yo. Hasta ahora hemos tenido muy pocas ocasiones de hablar padre y yo.

Desde el otro lado de la mesa, Noriko se quedó mirando fijamente a su hermana:

–Pero Setsuko, no has hecho todo este viaje para pasarte el día encerrada en casa. ¿Por qué vas a tener que quedarte sin salir?

–Me gustaría mucho acompañar a padre. Tenemos muchas cosas de que hablar.

–¿Qué, padre, está contento? –dijo Noriko. Y a continuación, mirando a su hermana–: Ahora, por su culpa, sólo vamos Ichiro y yo.

–A Ichiro le gustará pasar el día contigo, Noriko –le dijo Setsuko con una sonrisa–. En estos momentos eres su preferida.

Me alegré de que Setsuko decidiera quedarse en casa, ya que, en realidad, habíamos tenido pocas ocasiones de hablar sin que nos interrumpieran y, por supuesto, cuando un padre tiene una hija casada, hay muchas cosas de su vida que le gusta saber, cosas que no puede preguntar directamente. Pero lo que no se me pasó por la cabeza aquella noche era que Setsuko tuviese sus propias razones para querer quedarse en casa conmigo.

Quizá sea un indicio de mi edad cada vez más avanzada el ir vagando de una habitación a otra sin ningún fin concreto. Cuando aquella tarde del segundo día de su visita Setsuko corrió la puerta del recibidor, yo ya debía de llevar un buen rato allí de pie, absorto en mis pensamientos.

–Lo siento –dijo–. Volveré más tarde.

Me volví, algo sorprendido, y encontré a mi hija, arrodillada en el umbral de la puerta, con un jarrón lleno de flores y esquejes en la mano.

–No, no. Entra, por favor –le dije–. No estaba haciendo nada.

Con la jubilación se tiene más tiempo. Uno de los placeres de estar jubilado es poder marcarse el propio ritmo día a día, con la tranquilidad de no tener que preocuparse más por el trabajo ni los grandes éxitos. De todas formas, tengo que estar volviéndome muy despistado para terminar, habiendo tantas habitaciones como hay, en el recibidor, puesto que toda mi vida he tenido bien claro, porque mi padre siempre me inculcó esa idea, que el recibidor de una casa es un lugar sagrado, un lugar que no hay que marchar con las nimiedades cotidianas, reservado únicamente para recibir a los huéspedes importantes o para inclinarse ante el altar budista. En consecuencia, en nuestra casa el recibidor siempre ha tenido un aire solemne que no tiene en otras. Y yo, aunque nunca haya implantado esta norma como hizo mi padre, siempre he disuadido a mis hijos, mientras fueron pequeños, de que entraran en este cuarto a menos que se les diese permiso.

Mi respeto por los recibidores puede parecer exagerado, pero debo decir que en la casa donde me crié, en el pueblo de Tsuruoka, a media hora de tren desde aquí, tuve prohibido entrar en el recibidor hasta los doce años. Como esa habitación constituía en muchos aspectos el centro de nuestra casa, sólo a través de los vistazos que conseguía echarle de vez en cuando llegué a formarme una idea de su interior. Años después sorprendí a mis colegas por mi habilidad para plasmar en el lienzo un paisaje que apenas había vislumbrado. Y yo diría que ese talento se lo debo a mi padre, que, sin darse cuenta, entrenó mi ojo de artista durante mis primeros años. En cualquier caso, cuando cumplí los doce años empezaron las «reuniones de negocios», con lo que de pronto tuve ocasión de entrar en la habitación una vez a la semana.

«Esta noche, Masuji y yo tenemos que hablar de negocios», anunciaba mi padre durante la cena, y sus palabras servían tanto para requerir mi presencia después de la comida como para avisar al resto de la familia de que aquella noche no debían hacer ningún ruido cerca del recibidor.

Cuando acabábamos de cenar, mi padre desaparecía y, al cabo de unos quince minutos, me llamaba. Lo que yo veía al entrar era una habitación iluminada tan sólo por una vela en medio del suelo. Mi padre estaba sentado en el tatami con las piernas cruzadas, dentro del círculo luminoso que aquélla formaba, y tenía ante sí una cajita de madera, la «caja de negocios», como él la llamaba. Con un gesto me invitaba a sentarme frente a él, dentro del círculo luminoso. El resto de la habitación quedaba totalmente a oscuras. Sólo muy vagamente podía distinguir, a sus espaldas, el altar budista instalado en la pared del fondo o las cortinas que adornaban los nichos.

Entonces mi padre empezaba a hablar. De su «caja de negocios» sacaba unos cuadernillos de bastante grosor, abría unos cuantos, y con el dedo me indicaba una serie de cifras en apretadas columnas, hablándome en tono grave y estudiado, y sólo en algún momento interrumpía su discurso para mirarme y solicitar mi aprobación. En esos instantes, yo me apresuraba a decir: «Sí, por supuesto.»

Como es natural, me resultaba imposible seguir lo que decía mi padre. Cuando hacía sus cuentas empleaba una jerga incomprensible para mí, pues no hacía el menor esfuerzo por ponerse a mi altura. Y tampoco era posible pedirle que me explicara lo que decía: si me permitía entrar en el recibidor, era porque me consideraba lo suficientemente mayor para comprender ese tipo de discursos. A mi sentimiento de vergüenza se sumaba el terror a que en cualquier momento me instara a decir algo más que «Sí, por supuesto», con lo que terminaría mi juego. Sin embargo, pasaron los meses y nunca se dio este caso, aunque yo vivía constantemente atemorizado a la espera de la siguiente «reunión».

Por supuesto, ahora ya sé que mi padre no esperaba que yo

siguiera sus discursos, aunque no entiendo por qué me hacía pasar semejantes apuros. Quizá su intención fuera inculcarme desde muy joven que su mayor esperanza era que me hiciese cargo de los negocios familiares. O tal vez pensara que como futuro cabeza de familia, tenía derecho a conocer todas las decisiones que podían influir en mi vida cuando fuese adulto. De ese modo, debía de creer mi padre, si heredaba un negocio poco seguro, no tendría motivos para quejarme.

Recuerdo que una vez, cuando ya tenía quince años, me llamaron al recibidor para hablar de otras cosas. Como siempre, mi padre estaba sentado en el círculo de luz que irradiaba la vela. Pero aquella noche, en lugar de la «caja de negocios», mi padre tenía frente a sí un pesado brasero de barro. Ver el brasero me confundió; era el más grande de la casa y sólo se sacaba para los invitados.

—¿Los has traído todos? —me preguntó.

—He hecho lo que usted me dijo.

Dejé junto a mi padre el montón de pinturas y dibujos que llevaba en los brazos, una pila desordenada de papeles de diferentes tipos y tamaños, la mayoría deformados y arrugados por la pintura.

Me quedé sentado y en silencio mientras mi padre examinaba mi obra. Miraba cada pintura durante unos instantes y después las dejaba a un lado. Cuando iba casi por la mitad, dijo sin levantar la mirada:

—Masuji, ¿estás seguro de que esto es todo? ¿No se te habrán olvidado una o dos pinturas?

Me quedé callado. Mi padre levantó la mirada y me preguntó:

—¿Y bien?

—Quizá haya una o dos que no haya traído.

—¿Sí? Seguramente serán aquellas de las que te sientes más orgulloso. ¿Me equivoco?

Como se puso a mirar de nuevo las pinturas, no respondí.

Lo estuve observando unos minutos. En un momento dado acercó una de las pinturas a la llama de la vela y dijo:

–¿No es éste el sendero que baja de la colina de Nishiyama? Has sabido plasmarlo muy bien. Así es realmente como se ve al bajar de la colina. Te felicito.

–Gracias.

–¿Sabes, Masuji? –Mi padre seguía con los ojos puestos en la pintura–. Tu madre me ha dicho algo que me ha sorprendido. Según ella, tienes intención de dedicarte a la pintura profesionalmente.

Aproveché que no había formulado la frase como una pregunta y no di ninguna respuesta. Pero entonces levantó la mirada y repitió:

–Según tu madre, tienes intención de dedicarte a la pintura profesionalmente. Está equivocada, claro.

–Claro –dije en voz alta.

–Supongo que ha sido un malentendido por su parte.

–Sin duda.

–Bien.

Mi padre siguió estudiando las pinturas. Lo estuve observando en silencio y, al cabo de un rato, dijo sin levantar la mirada:

–Creo que es tu madre la que anda por ahí fuera. ¿La has oído?

–No, creo que no he oído a nadie.

–Me parece que era tu madre. En cuanto la veas pasar, dile que entre.

Me puse de pie y me dirigí a la puerta. Tal y como había imaginado, el pasillo estaba oscuro y no había nadie. A mis espaldas oí a mi padre:

–Masuji, ya que vas a buscarla, aprovecha el viaje para traer las pinturas que faltan.

Quizá fue sólo mi imaginación, pero cuando regresé a la habitación minutos después, acompañado por mi madre, tuve la impresión de que el brasero estaba más cerca de la vela. También creí percibir olor a quemado, pero miré dentro del brasero y no me pareció que se hubiera usado.

Dejé las pinturas que faltaban junto a las otras y mi padre me dio las gracias sin prestarme mucha atención. Durante un rato siguió tan preocupado por mis pinturas que a mi madre y a mí, que estábamos sentados frente a él, nos ignoró completamente. Por fin suspiró, levantó la mirada y me dijo:

–Masuji, supongo que no te interesarán mucho los bonzos.

–¿Los bonzos? Pues no.

–Sin embargo, conocen muy bien este mundo. Yo tampoco suelo escuchar lo que dicen, pero hay que ser educados con estos hombres santos, aunque a veces den más la impresión de ser mendigos que monjes.

Hizo una pausa y yo dije:

–Sí, en efecto.

Mi padre se volvió entonces hacia mi madre y dijo:

–Sachiko, ¿te acuerdas de los bonzos que pasaban antes por el pueblo? Hubo uno que estuvo en casa justo después de nacer nuestro hijo. Un anciano delgado, con una sola mano pero muy robusto. ¿Te acuerdas?

–Sí, por supuesto –dijo mi madre–. Pero no creo que haya que tomarse muy a pecho lo que dicen esos monjes.

–Pero recuerda –dijo mi padre– que aquel monje captó enseguida el alma de Masuji. Cuando se iba nos advirtió algo, ¿te acuerdas?

–Si por entonces nuestro hijo no era más que un bebé –dijo mi madre en voz baja esperando que yo no la oyera. Mi padre, por el contrario, hablaba demasiado alto sin necesidad, como si se dirigiera a un auditorio.

–Nos avisó al irse. Nos dijo que Masuji había nacido con buena salud pero con un grave defecto, una debilidad de espíritu que le llevaría a la vagancia y a la hipocresía. ¿Te acuerdas, Sachiko?

–Sí, pero creo que el monje también dijo muchas cosas buenas de él.

–Es cierto. También nos dijo que tenía buenas cualidades. Pero ¿recuerdas su advertencia, Sachiko? Según él, para que dominase la parte buena, nosotros, sus padres, debíamos vigilarlo de cerca y combatir cualquier señal de debilidad que diese. De lo contrario, y éstas fueron sus palabras, Masuji no sería más que un inútil.

–Pero no hay que dar demasiada importancia a las palabras de los monjes –replicó mi madre.

La observación pareció sorprender a mi padre. Después agachó la cabeza pensativo como si mi madre le hubiese puesto en un aprieto.

–Yo mismo me resistí a tomar en serio sus palabras –prosiguió mi padre–, pero a medida que Masuji ha ido creciendo, me he visto obligado a darle la razón al anciano. No podemos negar que nuestro hijo tiene un carácter débil. No es lo que se dice una mala persona, pero constantemente hemos tenido que combatir su indolencia, su aversión por las tareas útiles, en definitiva, su falta de voluntad.

Acto seguido, cogió intencionadamente tres o cuatro de mis pinturas y, con las manos, hizo como si las pesara. Se volvió hacia mí, para decirme:

–Masuji, tu madre cree que quieres dedicarte a la pintura. Dime, ¿está en lo cierto?

Bajé la mirada y guardé silencio. A mi madre, que estaba a mi lado, le oí decir, casi susurrando:

–Aún es pequeño. Seguro que sólo se trata de una distracción.

Tras un silencio volvió a hablar mi padre:

–Dime, Masuji, ¿tienes idea de en qué mundo se mueven los artistas?

Me quedé callado, mirando el suelo.

–Los artistas –prosiguió mi padre– viven en la pobreza y

en la miseria. Se mueven en un mundo lleno de tentaciones y terminan convirtiéndose en unos seres depravados y débiles. ¿Tengo razón, Sachiko?

–Por supuesto. Aunque también hay artistas que consiguen tener éxito sin caer en esas tentaciones.

–Sí, claro, siempre hay excepciones –dijo mi padre. Yo seguía con la mirada baja, pero por su voz supe que una vez más se había quedado perplejo–. Y son excepciones porque tienen un carácter muy fuerte y ante todo son muy decididos. Por eso no creo que nuestro hijo sea uno de ellos. Más bien se encuentra en el polo opuesto. Por lo tanto, nuestro deber es protegerlo de tales peligros. Después de todo, nuestro más ferviente deseo es que se convierta en alguien de quien nos sintamos orgullosos, ¿no?

–Claro –dijo mi madre.

Levanté la mirada un instante. La vela, que había ardido hasta la mitad, iluminaba con mucha fuerza un lado de la cara de mi padre. Tenía las pinturas encima de las rodillas y vi que con los dedos manoseaba nerviosamente los bordes.

–Masuji –dijo–. Ahora puedes irte. Quisiera hablar a solas con tu madre.

Aquella misma noche, un poco más tarde, me topé en la oscuridad con mi madre. Casi estoy seguro de que fue en un pasillo, aunque no lo recuerdo muy bien, como tampoco recuerdo por qué iba yo vagando por la casa a oscuras. Sé que mi intención no era espiar a mis padres, ya que había decidido –de esto sí me acuerdo– desentenderme por completo de lo que pudiese ocurrir en el recibidor después de irme. Como es natural, por aquellos días la iluminación de las casas era muy deficiente, y no resultaba extraño mantener una conversación en la oscuridad. Distinguí ante mí la silueta de mi madre, pero no alcancé a ver su rostro.

–Huele a quemado en toda la casa –observé.

–¿A quemado? –Mi madre se quedó en silencio durante un rato y después dijo–: No sé. Debe ser imaginación tuya.

–Yo he olido a quemado –dije–. Otra vez. Huelo otra vez. ¿Padre sigue en el recibidor?

–Sí. Está trabajando.

–Haga lo que haga ahí dentro, no me importa en absoluto.

Mi madre no pronunció palabra, de modo que añadí:

–Lo único que padre está encendiendo es mi ambición.

–Me gusta oírte decir eso, Masuji.

–No me malinterpretes, madre. No tengo el menor deseo de verme dentro de unos años sentado ahí donde está ahora padre, hablándole a mi hijo de cuentas y dinero. Si acabara de ese modo, ¿se sentiría usted orgullosa de mí?

–Sí, Masuji. Es imposible que ahora comprendas lo que significa una vida como la de tu padre.

–Yo no me sentiría orgulloso de mí mismo. La ambición de la que he hablado me impulsa a querer llegar más lejos.

Mi madre se quedó callada durante un rato y después dijo:

–Cuando somos jóvenes, no le vemos sentido a muchas cosas, pero conforme pasan los años, son esas cosas las que nos parecen importantes.

En lugar de contestar, creo que dije:

–Antes me horrorizaban las «reuniones» de padre. Pero desde hace algún tiempo sólo me producen aburrimiento. Repugnancia incluso. Después de todo, ¿qué son esas reuniones a las que tengo el privilegio de asistir? Contar monedas con avaricia, una hora tras otra. Si yo acabara de ese modo, nunca me lo perdonaría. –Hice una pausa para ver si mi madre decía algo. Durante unos instantes tuve la sensación de que se había alejado en silencio mientras yo hablaba y me había dejado solo. Pero después la oí moverse y entonces repetí–: Lo que padre esté haciendo en el recibidor no me importa en absoluto. Lo único que enciende es mi ambición.

En fin, veo que me estoy desviando del tema. Mi propósito

no era otro que relatarles la conversación que tuve con Setsuko el mes pasado, cuando entró en el recibidor para cambiar las flores.

Recuerdo que Setsuko se había sentado ante el altar budista y había empezado a quitar las flores más marchitas que lo decoraban. Yo, sentado detrás de ella, observaba el cuidado con que sacudía cada tallo antes de depositarlo en sus rodillas. Nuestra conversación era alegre, pero en un momento dado dijo, sin apartar la mirada de las flores:

–Discúlpeme por lo que le voy a decir, padre, aunque sin duda también usted lo habrá pensado.

–¿De qué se trata, Setsuko?

–Si se lo comento, es porque no creo que la boda de Noriko plantee ya graves problemas.

Setsuko había empezado a poner las flores frescas traídas momentos antes en los jarrones que rodeaban el altar. Colocaba las flores de una en una y con mucho cuidado, haciendo una pausa entre flor y flor para ver el efecto.

–Sólo quería decir –prosiguió– que una vez que se empiece a hablar en serio en la boda, debería usted tomar algunas precauciones.

–¿Precauciones? Eso ya lo sé. Vamos a ser muy prudentes. Pero ¿qué quieres decir en realidad?

–Discúlpeme, me estaba refiriendo a las averiguaciones.

–Pero claro. Seremos muy minuciosos, te lo aseguro. Contrataremos al mismo indagador que el año pasado. Recordarás que cumplió muy bien su tarea.

Setsuko cambió un tallo de sitio con mucho cuidado.

–Discúlpeme, pero es posible que no me esté expresando con claridad. En realidad, me refería a *sus* averiguaciones.

–Lo siento, pero no sé qué quieres decirme. ¿Acaso piensas que tenemos algo que ocultar?

Setsuko se rió nerviosa.

–Debe usted perdonarme, padre. Ya sabe que nunca he

tenido facilidad de expresión. Suichi siempre está reprendiéndome porque me expreso mal. El no tiene ningún problema. Debería fijarme más y tomarle como ejemplo.

–Si te expresas muy bien; lo que no entiendo es qué quieres decir.

Setsuko, de pronto, interrumpió su tarea.

–Imposible, hay demasiado viento –dijo suspirando, y volvió a ocuparse de las flores–. Por lo visto, al viento no le gusta cómo las he puesto. –Durante unos instantes volvió a quedarse pensativa y después añadió–: Perdóneme, padre. Si Suichi se viese en esta situación, se expresaría mucho mejor. Pero claro, no es el caso. Sólo quería decirle que quizá sería prudente que tomase usted algunas precauciones. Para evitar que haya malentendidos. Noriko va a cumplir ya veintiséis años y no podemos permitirnos que sufra otra decepción como la del año pasado.

–¿Qué malentendidos?

–Sí, referentes al pasado. Pero vamos, seguro que ya ha pensado usted en todo y hará lo que esté en su mano; no sé por qué se lo digo.

Setsuko volvió a sentarse, contempló su obra y, con una sonrisa en los labios, me comentó:

–Estas cosas no se me dan bien –dijo señalando las flores.

–Eso no es verdad. Te ha quedado muy bien.

Miró el altar no demasiado satisfecha y dejó entrever una sonrisa.

Fue ayer, mientras disfrutaba del viaje en tranvía camino del tranquilo barrio de Arakawa, cuando acudió a mi mente esta conversación. El sentimiento inmediato que me produjo fue de rabia. El paisaje que veía a través de la ventana se hacía cada vez más armonioso conforme avanzábamos hacia el sur.

De pronto, se me apareció la imagen de mi hija, sentada frente al altar y aconsejándome que «tomara precauciones», y volví a recordar el modo de volver ligeramente el rostro hacia mí para decirme: «No podemos permitirnos que sufra otra decepción como la del año pasado», así como la expresión de malicia con que, la primera mañana de su visita, me había insinuado que yo le ocultaba algo sobre la retractación de los Miyake, el año anterior. Durante este último mes, esos recuerdos me han puesto de mal talante más de una vez; sin embargo, hasta ayer no fui capaz de ver con más lucidez mis propios sentimientos, debido sin duda al sosiego de viajar solo a las zonas más tranquilas de la ciudad, y comprendí que mi rabia no recaía tanto en Setsuko como en su marido.

Es natural, supongo, que una mujer se vea influida por las ideas de su marido, incluso en casos como el de Suichi, en que las ideas carecen de todo fundamento. Pero cuando un marido pone en contra a dos miembros de una familia, como son un padre y una hija, el asunto ya adquiere matices más serios. Desde un principio siempre me había portado de un modo tolerante con Suichi, excusando algunos aspectos de su conducta por lo que había sufrido en Manchuria. Por ejemplo, nunca me consideraba atacado cuando manifestaba su animadversión contra mi generación, cosa que sucedía no pocas veces; y siempre he pensado que se le pasaría con el tiempo. No obstante, parece que en Suichi esos sentimientos van en aumento, y cada día es más mordaz e intransigente.

Nada de esto me importaría (después de todo viven lejos y como máximo los veo una vez al año) si no fuera porque últimamente, desde la visita que Setsuko nos hizo el mes pasado, parece que Noriko está asimilando las mismas insensateces. En realidad es lo que más me irrita, y de hecho estos últimos días he tenido la tentación de escribir una carta a Setsuko, recriminándole su actitud. Que un marido y su mujer se pongan a elucubrar ideas absurdas me deja indiferente, lo que no puedo tolerar es que las hagan públicas. Estoy seguro de que un padre más severo que yo habría reaccionado hace tiempo.

Durante el mes pasado sorprendí más de una vez a mis hijas en plena conversación y, al acercarme, las veía callarse con cara de cómplices y al rato iniciar una nueva conversación, completamente intrascendente. Durante los cinco días de la visita de Setsuko, recuerdo que ocurrió esto al menos tres veces. Por si fuera poco, el otro día por la mañana, mientras acabábamos de desayunar, me dijo Noriko:

–Ayer pasé por los almacenes Shimizu y ¿sabe a quién vi en la parada del tranvía? A Jiro Miyake.

–¿A Miyake? –Sorprendido por la insolencia con que Noriko pronunciaba ese nombre, levanté la mirada del bol–. ¡Pues qué mala suerte!

–¿Mala suerte? La verdad es que me alegré de verlo. Aunque me pareció que se sentía violento y no le hablé durante mucho rato. De todas formas, yo tenía que volver a la oficina, había salido a hacer unas compras. ¿Sabía usted que está prometido?

–¿Eso te dijo? ¡Vaya un caradura!

–Bueno, yo inicié el tema. Le dije que estaba en plenas conversaciones de matrimonio y le pregunté cuál era su situación. Se lo pregunté así, de pronto, y no se imagina lo colorado que se puso. Al final me dijo que estaba prometido. Que prácticamente estaba todo arreglado.

–Pero Noriko, no deberías ser tan indiscreta. ¿Por qué tuviste que hablar de ese tema?

–Sentía curiosidad. Ya no es algo que me angustie. Las negociaciones de ahora marchan muy bien. El otro día me decía a mí misma que sería una lástima que Jiro Miyake se siguiera lamentando por lo del año pasado. Puede imaginarse qué contenta me puse al ver que ya estaba prácticamente prometido.

–Ya.

—Espero conocer pronto a su novia. Seguro que es encantadora, ¿no cree usted, padre?

—Sí, seguro.

Seguimos comiendo y al cabo de un rato me dijo:

—Estuve a punto de preguntarle otra cosa. Pero me contuve. —Se inclinó hacia mí y susurró—: Casi le pregunto por qué se retractaron.

—Menos mal que no lo hiciste. Además, en su momento, ya lo dejaron bien claro. Pensaron que el muchacho no se encontraba socialmente a tu altura.

—Pero usted sabe que aquello sólo fue una excusa. El verdadero motivo no lo llegamos a saber. O al menos nunca llegó a mis oídos.

El tono de su voz me hizo alzar la mirada. Noriko había levantado los palillos del bol, esperando alguna respuesta por mi parte. Al ver que yo seguía comiendo continuó:

—¿Por qué cree usted que se echaron atrás? ¿No ha descubierto nada?

—No, no he descubierto nada. Como te he dicho, pensaron que el joven, por su posición, no se encontraba a tu altura. Es una razón muy válida.

—Padre, quizá yo no era lo que querían para su hijo. Quizá no me encontraron lo suficientemente bonita. ¿Cree usted que pudo ser eso?

—No tuvo nada que ver contigo, y lo sabes muy bien. Una familia se puede echar atrás por muchos motivos.

—Pues si no tuvo nada que ver conmigo, no entiendo por qué se retractaron así, de pronto.

Mi hija había pronunciado estas palabras con mucha calma, lo cual era en ella poco natural. También pudo ser imaginación mía, aunque es difícil que a un padre se le escapen ciertos detalles cuando habla con sus hijos.

En cualquier caso, aquella charla con Noriko me trajo a la memoria la conversación que mantuve con Jiro Miyake cierta vez que me lo encontré en una parada del tranvía, hace justamente un año. Por aquel entonces, las negociaciones con la familia Miyake seguían su curso normal, y el encuentro tuvo lugar a última hora de la tarde, cuando las calles se llenan de gente que vuelve a su casa tras la jornada laboral. No sé por qué motivo, había estado deambulando por el barrio de Yokote y me dirigía hacia la parada del tranvía que hay frente al edificio de la empresa Kimura. Si ya conocen el barrio, sabrán que encima de las tiendas de la zona hay toda una serie de despachos pequeños, bastante sórdidos. Aquel día, Jiro Miyake acababa de bajar por unas escaleras estrechas entre las fachadas de dos tiendas. Salía de uno de esos despachos.

Previamente, me había encontrado con él dos veces, pero en reuniones familiares a las que se había presentado vestido con lo mejor que tenía. Aquella tarde, sin embargo, parecía otra persona, ataviado con un impermeable raído, que además le estaba grande, y una cartera bajo el brazo. Por su aspecto, era el típico chico de los recados a quien todo el mundo le da órdenes y, de hecho, parecía en todo momento dispuesto a hacer una reverencia. Le pregunté si trabajaba en la oficina de la que acababa de salir y empezó a reírse nervioso, como si lo hubiese sorprendido a las puertas de alguna casa de mala reputación.

Advertí que se ponía realmente muy violento. Primero pensé que se debía al hecho de encontrarnos de un modo tan fortuito; después comprendí que el verdadero motivo era la mala apariencia del edificio que albergaba su oficina y la sordidez que lo rodeaba. Sólo cerca de una semana más tarde, al enterarme de que los Miyake se habían echado atrás, intenté rememorar cualquier detalle de aquel encuentro que me ayudara a entender lo sucedido.

–Me gustaría saber –le dije a Setsuko en una de sus visitas– si mientras hablaba con él aquel día, ya habían tomado la decisión de retractarse.

–Eso explicaría el estado de nervios en que lo vio usted, padre –dijo Setsuko–. ¿Y no dijo nada que dejase entrever sus intenciones?

Sin embargo, incluso entonces, una semana después del encuentro, apenas recordaba la conversación que había tenido con el joven Miyake. Como es natural, aquella tarde yo aún pensaba que su compromiso con Noriko sería cuestión de días y que, en realidad, estaba tratando con un futuro miembro de mi familia. Por lo tanto, me preocupé sobre todo de que el joven Miyake se sintiese relajado. De lo contrario habría prestado más atención a lo que hablamos aquella tarde camino de la parada del tranvía y durante los pocos minutos que estuvimos esperando juntos.

Bien es verdad que, al reflexionar sobre este asunto durante los días que siguieron, también se me ocurrió que quizá aquel encuentro había contribuido a que se retractaran.

–Cabe la posibilidad –le sugerí a Setsuko– de que a Jiro Miyake le diera vergüenza que yo viese dónde trabajaba. Quizá le hizo ver claro el abismo que separaba a nuestras familias. Después de todo es un factor en el que insistieron mucho. No pudo ser una mera excusa.

Pero, por lo visto, a Setsuko no la convenció mi teoría y una vez en su casa, con su marido, debió de hacer no pocas elucubraciones sobre el fracaso del compromiso, ya que este año ha vuelto con sus propias teorías, o al menos las de Suichi. De modo que me veo obligado una vez más a pensar en aquel encuentro y a considerarlo desde otro punto de vista. Si, como he dicho, una semana después no me acordaba de lo ocurrido, mucho menos ahora, cuando ha pasado ya un año.

Aun así, pude recordar un fragmento de nuestra conversación al que anteriormente había concedido poca importancia. Nos encontrábamos los dos en la calle, frente al edificio de la empresa Kimura. Mientras esperábamos cada uno nuestro tranvía, recuerdo que Miyake dijo:

–Hoy en el trabajo nos han dado una mala noticia. El presidente de nuestra casa matriz acaba de fallecer.

–Lo lamento mucho. ¿Era muy mayor?

–Tenía poco más de sesenta años. Nunca tuve ocasión de verle en persona, pero sí he podido ver fotos suyas en nuestras revistas. Era un ser excepcional. Nos hemos sentido todos como si hubiésemos perdido a un padre.

–Debe haber sido un mal trago para ustedes.

–Sí lo ha sido –dijo Miyake. Y tras hacer una pausa prosiguió–: Sin embargo, en el despacho estamos un poco confundidos respecto de cuál sea la mejor manera de presentarle nuestros respetos. Le seré sincero. Nuestro presidente se ha suicidado.

–¿De veras?

–Sí, señor. Con gas. Pero primero intentó hacerse el harakiri; le encontraron algunos arañazos en el vientre. –Miyake bajó la cabeza y con tono solemne añadió–: Fue su forma de pedir perdón en nombre de las empresas que dirigía.

–¿Qué quería que le perdonaran?

–Nuestro presidente se sentía responsable de determinados negocios en los que estuvimos envueltos durante la guerra. Los americanos ya habían despedido a dos dirigentes, pero es obvio que a nuestro presidente no le pareció suficiente. Con lo que hizo pidió perdón en nombre de todos nosotros a las familias de los que murieron en la guerra.

–Pues me parece excesivo –dije–. Por lo visto el mundo se ha vuelto loco. Esta misma noticia se oye actualmente a diario. Gente que se quita la vida para pedir perdón. Pero dígame, señor Miyake, ¿no cree usted que es una lástima? Si su país está en guerra, lo normal es hacer lo posible por defenderlo. Para mí no es ninguna vergüenza. ¿Qué necesidad hay de matarse para pedir perdón?

–Tiene usted toda la razón, pero, para serle sincero, de algún modo nuestra empresa se siente más tranquila en estos momentos. Ahora ya podemos olvidar los errores que cometimos en el pasado y pensar en el futuro. Lo que ha hecho nuestro presidente es admirable.

–Y también es una lástima. En algunos casos son nuestros mejores hombres los que se quitan la vida.

–Como dice usted, es una lástima. Sobre todo cuando vemos que hay quienes deberían pedir perdón entregando sus vidas, pero son demasiado cobardes e incapaces de enfrentarse con sus responsabilidades. Por eso son sólo los hombres verdaderamente nobles, como nuestro presidente, los que aceptan el sacrificio. Sé que hay muchos auténticos criminales de guerra que han recuperado los puestos que ostentaron durante la contienda, y son ellos los que deberían pedir perdón.

–Entiendo lo que quiere decir –dije–. Pero son personas que lucharon y trabajaron honestamente por nuestro país. Es injusto llamarles criminales de guerra. Es una expresión que hoy se dice muy a la ligera.

–Pero son los que llevaron el país a la perdición. Por lo menos deberían reconocer que son responsables. No admitir sus errores es una cobardía. Sobre todo errores que cometieron en nombre de todo el país. Esa es la gran cobardía.

Me pregunto si aquellas fueron realmente sus palabras, ya que es posible que me esté confundiendo con el tipo de expresiones que suele emplear Suichi. Sí, es lo más probable. En aquella época llegué a considerar a Miyake como a mi futuro yerno, y es fácil que ahora lo asocie con el verdadero. Frases como «ésa es la gran cobardía» me parecen mucho más propias de Suichi que de Jiro. El joven Miyake tiene un carácter bastante más blando. Sin embargo, estoy seguro de que aquel día, en la parada del tranvía, tuvimos una conversación similar, aunque me parece extraño que tratara este tema. Ahora que lo pienso, la frase «ésa es la gran cobardía» es de Suichi, no me cabe la menor duda. Recuerdo que la pronunció la tarde en que enterramos las cenizas de Kenji.

Las cenizas de mi hijo habían tardado más de un año en llegar desde Manchuria. Siempre nos decían que era debido a los obstáculos que ponían los comunistas. Y cuando por fin llegaron las cenizas, así como las de otros veintitrés jóvenes caídos como él en una desesperada incursión por un campo de minas, nadie nos garantizó que fueran realmente las cenizas de Kenji, ni sus cenizas únicamente. «Si no son sólo las cenizas de mi hermano –me había escrito Setsuko por aquel entonces–, no pueden estar mezcladas más que con las de sus camaradas. Y ése no es motivo de queja por nuestra parte.» Aceptamos por lo tanto que se trataba de las cenizas de Kenji y, aunque tarde, celebramos el entierro. El mes pasado hizo dos años.

Ya en el cementerio, vi que a mitad de la ceremonia Suichi se alejaba malhumorado. Cuando le pregunté a Setsuko qué le ocurría a su marido, me susurró muy de prisa:

–Discúlpelo, pero no se encuentra muy bien. Es un problema de desnutrición. Aunque han pasado ya varios meses, aún no ha conseguido curarse.

Pero más tarde, cuando los invitados a la ceremonia se reunieron en mi casa, Setsuko me dijo:

–Le ruego que lo comprenda, padre. A Suichi le afectan mucho este tipo de ceremonias.

–Qué conmovedor –le dije–. No sabía que tu hermano y él estuviesen tan unidos.

–Las veces que se vieron se entendieron muy bien –dijo Setsuko–. Además, Suichi se identifica mucho con todos los que han corrido la suerte de Kenji. Piensa que a él le podría haber ocurrido lo mismo.

–Razón de más para no irse a mitad de la ceremonia, ¿no crees?

–Discúlpeme, padre, pero Suichi no ha pretendido mostrarse irrespetuoso, es sólo que este año hemos asistido ya a innumerables entierros de amigos o compañeros suyos y cada vez está más irritado.

–¿Irritado? ¿Y por qué?

Pero en ese momento llegaron más invitados y tuve que interrumpir la conversación con mi hija. Hasta más tarde no tuve ocasión de hablar con Suichi. Muchos de los invitados, reunidos en el recibidor, seguían aún con nosotros. De pie, al fondo de la habitación, distinguí una silueta esbelta. Era mi yerno. Había abierto las mamparas que daban al jardín y, de espaldas al susurro de nuestras voces, contemplaba la oscuridad de la noche. Me acerqué y le dije:

–Suichi, Setsuko me ha comentado que estas ceremonias le irritan.

Se volvió con una sonrisa en los labios.

–Sí, me irrita pensar en estas cosas, en todas estas muertes inútiles.

–Es verdad. Es terrible pensar que se han perdido tantas vidas inútilmente. Pero Kenji, al igual que otros muchos, ha muerto como un valiente.

Mi yerno se quedó observándome durante un rato, impasible y sin ninguna expresión en la cara. Es algo que hace de vez en cuando, pero no he conseguido habituarme. Su mirada no puede ser más inocente, pero como físicamente es un hombre fuerte y sus rasgos tienen algo de temible, cuando me mira, me siento acusado o amenazado.

–Por lo visto, nunca van a terminar de morir hombres valientes –dijo al cabo de un rato–. La mitad de mis compañeros de promoción han muerto valientemente. Y aunque nunca lo sabrán, todos han muerto por causas estúpidas. Padre, ¿sabe qué es lo que de verdad me irrita?

–¿Qué, Suichi?

–Pues que ¿sabe qué hacen ahora los que mandaron al frente a jóvenes como Kenji para que murieran valientemente? Siguen viviendo, y sus vidas no han cambiado gran cosa. Algunos, incluso, viven mejor que antes. Han aprendido cómo comportarse delante de los americanos, y eso que son los mismos que provocaron esta catástrofe. Y fíjese, es por jóvenes como Kenji por los que ahora lloramos. Eso es lo que me irrita. Hombres jóvenes y valientes que han muerto por causas estúpidas, mientras que los verdaderos culpables siguen entre nosotros, temerosos de mostrarse como lo que son y admitir que son los responsables. –Y estoy seguro de que fue en ese momento, al volverse hacia mí, cuando dijo–: Para mí, ésa es la gran cobardía.

Yo me sentía agotado después de la ceremonia, de no haber sido así, habría rebatido algunos de sus argumentos. Sin embargo, consideré que ya se me presentarían otras oportunidades para hablar del asunto y preferí llevar la conversación por otros derroteros. Recuerdo que me quedé junto a él, contemplando la oscuridad y haciéndole preguntas acerca de su trabajo y de Ichiro. Desde que había vuelto de la guerra era la primera vez que hablaba a solas con Suichi, y descubrí que mi yerno había cambiado, ahora era el hombre amargado al que he llegado a acostumbrarme. Aquella noche me sorprendió oírle hablar de ese modo. Hasta antes de ir a la guerra siempre se había mostrado muy correcto, por eso atribuí el cambio a la emoción del entierro y, en general, al duro golpe que para él había supuesto la guerra. Una experiencia terrible, había insinuado Setsuko.

Al final me he dado cuenta de que el mal humor que tenía aquella noche no ha variado en estos últimos tiempos. Si pensamos en el joven educado y modesto que se casó con Setsuko dos años antes de la guerra, el cambio ha sido importante. Por supuesto, es una tragedia que tantos jóvenes de su generación murieran de aquel modo; sin embargo, no entiendo por qué alberga ese odio contra sus mayores. En las ideas de Suichi encuentro una dureza y un rencor que me preocupan, sobre todo porque, a mi juicio, están influyendo en Setsuko.

Mi yerno no es un caso único. Ahora mismo es un hecho patente en todas partes. El cambio que ha experimentado esta última generación es un fenómeno que no llego a comprender por completo, y algunos aspectos de este cambio son sin duda preocupantes.

Por ejemplo, la otra noche, en el bar de la señora Kawakami, había un cliente sentado a la barra a quien le oí decir:

–Parece que al muy idiota se lo llevaron al hospital, con conmoción cerebral y algunas costillas rotas.

–¿Está usted hablando del chico de los Hirayama? –le preguntó intranquila la señora Kawakami.

–Pues no sabía quién era, pero siempre le he visto por ahí dando voces. Ya era hora de que alguien le cerrase la boca. Por lo visto anoche volvieron a zurrarle. En fin, al margen de las cosas que diga, es una vergüenza que alguien arremeta contra un pobre tonto.

Entonces me volví hacia el hombre y le dije:

–Discúlpeme, ¿dice usted que han agredido al chico de los Hirayama? ¿Qué es lo que ha hecho?

–Según dicen, se puso a cantar una de esas viejas canciones militares y a proferir gritos reaccionarios.

–Pero es algo que siempre ha hecho –observé yo–. No sabe más que dos o tres canciones. Las que le han enseñado.

El individuo se encogió de hombros.

–Si es lo que yo digo. ¿A qué viene zumbarle a un pobre tonto como ése? Es una crueldad. Pero el chico andaba por el puente de Kayabashi y ya sabe usted la canalla que merodea por ahí de noche. Había estado cerca de una hora sentado en la baranda del puente, cantando y dando gritos. Desde el bar de enfrente le oían y, al parecer, hubo unos cuantos que se hartaron.

–No veo el motivo –dijo la señora Kawakami–. El pobre chico no hacía daño a nadie.

–Sí, es verdad, pero alguien debería encargarse de enseñarle otras canciones –contestó el hombre entre trago y trago–. Si sigue con el mismo repertorio, le seguirán zurrando.

Aunque tendrá ya por lo menos cincuenta años, aquí todo

el mundo le sigue llamando el chico de los Hirayama. El nombre, sin embargo, le conviene, ya que tiene la edad mental de un niño. Todo lo más que recuerdo es que las monjas católicas de la misión se hicieron cargo de él, y supongo que Hirayama era el nombre de la familia en la cual nació. Antes, cuando nuestro barrio de vida nocturna estaba en su mejor época, al chico de los Hirayama siempre se le veía sentado en el suelo, cerca del Migi-Hidari o de cualquier otro de los locales próximos. Como había dicho la señora Kawakami, el chico era totalmente inofensivo. Llegó a ser incluso muy popular en el barrio, con sus canciones de guerra y las imitaciones que hacía de discursos patrióticos.

Las canciones no sé de quién pudo haberlas aprendido, pero su repertorio no constaba de más de dos o tres, y de cada una sólo sabía una estrofa. Aun así, las cantaba con una voz tan potente, que atraía a todo el mundo, y entre canción y canción, se quedaba plantado en jarras, miraba al cielo y, sonriendo, decía a gritos: «¡Este pueblo tendrá que ofrecer sus sacrificios al emperador. ¡Algunos de vosotros entregaréis vuestras vidas! ¡Otros recibirán triunfantes el nuevo amanecer!», y frases por el estilo. Y la gente decía: «Quizá no esté en su sano juicio, pero sabe lo que dice. Es japonés.» Muchas veces la gente se paraba para darle dinero o para comprarle algo de comer. Al chico entonces se le iluminaba la cara y sonreía. Si ha seguido cantando y pronunciando esos discursos patrióticos, es porque le daban popularidad y atraía a la gente.

En aquella época los tontos no molestaban a nadie. En cambio, ahora a la gente le da por pegarles. Es posible que ya no gusten sus canciones y sus discursos, pero lo cierto es que se trata de la misma gente que antes le acariciaba la cabeza y le animaba a aprenderse de memoria esas pocas estrofas.

Como he dicho, actualmente se respira otra atmósfera en el país, y la actitud de Suichi no tiene nada de extraordinario. Puede que sea una injusticia por mi parte atribuirle este mismo sentimiento de rencor al joven Miyake, pero tal y como están ahora las cosas, si se paran a pensar en lo que hace y dice la gente, llegarán a la conclusión de que es un sentimiento muy extendido. Lo único que sé es que Miyake pronunció aquellas palabras, y lo más probable es que todos los jóvenes de la generación de Miyake y de Suichi piensen y hablen de ese modo.

Creo haber dicho ya que ayer fui al barrio de Arakawa, al otro extremo de la ciudad. Arakawa es la estación término de la línea de tranvía que va hacia el sur, aunque a mucha gente le extraña que la línea llegue hasta esos barrios de las afueras. La verdad es que cuando uno piensa en Arakawa, en sus calles tan limpias y aseadas, en las aceras bordeadas de arces, en sus lujosas residencias bien separadas entre sí, y en esa sensación que uno tiene de estar en pleno campo, es difícil hacerse a la idea de que el barrio forma parte de la ciudad. Y a mi entender, las autoridades locales han hecho bien en prolongar la línea de tranvía hasta Arakawa, así la gente que vive en el centro puede tener fácil acceso a otras zonas más tranquilas y menos concurridas. Aunque no siempre hemos estado tan bien comunicados. Recuerdo que esa sensación de agobio que uno suele tener en las ciudades, sobre todo en los meses ardientes de verano, era aún peor cuando la red actual no existía.

Creo que las líneas que hay ahora empezaron a funcionar en 1931, después de suprimirse la antigua red que durante treinta años no había hecho más que irritar a los usuarios. Con la nueva red, la vida de la ciudad varió por completo. Sin haber vivido aquí, no es fácil imaginárselo. Hubo barrios enteros que cambiaron de personalidad de la noche a la mañana, parques que siempre habían estado abarrotados de gente se quedaron desiertos, y tiendas que hasta entonces habían sido prósperas sufrieron importantes pérdidas.

Evidentemente, también hubo barrios que, por el contrario, salieron beneficiados, entre ellos la zona al otro lado del Puente de las Vacilaciones, que pronto se convirtió en nuestro barrio de vida nocturna. Antes de que llegara el tranvía, allí no había más que unas cuantas callejas sin interés e hileras de casas con cubierta de tejas. En realidad, nadie consideraba aquello un barrio, y para referirse a esa zona la gente decía «al este de Furukawa». Sin embargo, dado el trazado de las nuevas líneas, los pasajeros que se apeaban en la parada término de Furukawa llegaban antes al centro a pie que haciendo un segundo viaje en tranvía, mucho menos directo. El resultado fueron las oleadas de gente que empezó de pronto a cruzar la zona. Bares que años atrás apenas se sostenían, prosperaron de un modo increíble al tiempo que empezaron a abrirse otros nuevos.

Lo que un día se convertiría en el Migi-Hidari, era conocido en la época como Casa Yamagata; así se llamaba su propietario, un militar retirado ya mayor. El bar era el más antiguo del barrio, un lugar bastante sombrío, que yo frecuenté durante muchos años, cuando acababa de llegar a la ciudad. Que ahora recuerde, instaladas las nuevas líneas, aún pasaron varios meses hasta que Yamagata se percató de lo que estaba ocurriendo a su alrededor, y entonces se puso a hacer planes. Dado que el barrio estaba a punto de convertirse en un centro de la vida nocturna, su bar, por ser el más antiguo y estar situado en la intersección de tres calles, tenía que convertirse en el «patriarca» de todos los demás. En vista de lo cual, consideraba él, tenía la obligación de ampliar su negocio y volver a abrirlo por todo lo alto. El comerciante del piso de arriba estaba dispuesto a venderle su local. En cuanto al capital, lo reuniría sin ninguna dificultad. El principal obstáculo, tanto para su establecimiento como para todo el barrio, era la política que seguían las autoridades de la ciudad.

En este sentido, Yamagata tenía toda la razón. Estoy

hablando de 1933 o 1934 y, como recordarán ustedes, no era la época apropiada para plantearse la creación de un nuevo barrio de vida nocturna. Las autoridades venían aplicando políticas muy severas para mantener bajo control los sectores más frívolos de la ciudad, tanto era así que ya habían procedido al cierre de muchos de los locales más decadentes del centro. Por lo tanto, en un principio no me entusiasmaron las ideas de Yamagata, y sólo cuando me dijo el tipo de local que tenía pensado abrir, me dejó bastante impresionado y prometí que haría lo que estuviese en mis manos para ayudarle.

Creo haberles comentado que, en cierta medida, yo intervine en el surgimiento del Migi-Hidari. No económicamente, por supuesto, por ese lado no podía hacer nada, sino por mi reputación en la ciudad, que por entonces ya era muy buena. Que yo recuerde, todavía no formaba parte del comité artístico del Ministerio de Estado, pero sí tenía muchos contactos y, con frecuencia, se me consultaba sobre cuestiones de política general. La instancia que presenté ante las autoridades en nombre de Yamagata tuvo, por lo tanto, una influencia decisiva.

«Con la apertura de este establecimiento –les expliqué–, su propietario pretende honrar el nuevo patriotismo que está naciendo actualmente en Japón. La decoración será un reflejo de este nuevo espíritu y al cliente que se muestre disconforme se le rogará con toda firmeza que abandone el local. Además, el propietario pretende convertir el establecimiento en un lugar donde puedan reunirse y beber juntos los artistas y pintores de la ciudad que mejor reflejen en su obra este nuevo espíritu. Al respecto cuento con el apoyo de algunos de mis colegas, entre los cuales figuran el pintor Masayuki Harada, el autor teatral Misumi y los periodistas Shigeo Otsuji y Eiji Nastuki, todos ellos, como ustedes sabrán, creadores de obras indiscutiblemente fieles a Su Majestad el Emperador.»

Proseguí haciendo resaltar que la creación de un establecimiento semejante, dado su predominio en todo el barrio, sería la forma ideal de asegurar un ambiente deseable en la zona.

«De otro modo –advertí–, veremos desarrollarse también en este barrio la decadencia que estamos procurando combatir y que sabemos que debilita sobremanera el carácter de nuestra cultura.»

Las autoridades no sólo dieron su consentimiento sino que mostraron un entusiasmo que me sorprendió. Fue otro de esos casos en que uno descubre, con gran asombro, que goza de una estima mayor de lo que creía. Debo decir, sin embargo, que nunca me han preocupado estas cuestiones de estima, y si la apertura del Migi-Hidari me produjo tanta satisfacción, no fue por ese motivo. Más bien me sentía orgulloso de ver materializada una idea que había respaldado desde hacía tiempo, a saber, que el nuevo espíritu de Japón no era incompatible con la diversión, es decir, que la búsqueda del placer y la decadencia no tenían por qué correr paralelas.

Unos dos años y medio después de entrar en funcionamiento la nueva red de tranvías se inauguró el Migi-Hidari. Después de ser restaurado, el local era otro. Por la noche era imposible pasar por allí y no fijarse en la resplandeciente fachada iluminada con farolillos de todos los tamaños colgados a lo largo del tejado bajo los aleros, dispuestos en fila en los antepechos de las ventanas y sobre la entrada principal. Además, de la cumbrera colgaba una enorme bandera iluminada con la inscripción del nuevo nombre del bar sobre unas botas militares en posición de marcha que hacían de fondo.

Una noche, poco después de la inauguración, Yamagata me condujo al interior del local, me dijo que eligiese mi mesa favorita y me anunció que, a partir de ese día, la mesa estaría sólo a mi disposición. Creo que ante todo lo hizo en agradecimiento por el pequeño favor que le había prestado, sin olvidar que siempre había sido uno de los mejores clientes de Yamagata.

De hecho, yo llevaba yendo al bar de Yamagata desde

hacía veinte años, antes de que se convirtiera en el Migi-Hidari. En realidad, si yo había elegido aquel bar no había sido deliberadamente (como he dicho, era un lugar más bien mediocre). De joven, a mi llegada a la ciudad, estuve viviendo en Furukawa y dio la casualidad de que el bar de Yamagata quedaba cerca.

Quizá ahora les resulte un poco difícil imaginar lo feo que era el barrio de Furukawa en aquella época. Hoy, cuando alguien habla de Furukawa, lo normal es pensar en el parque y en sus famosos melocotoneros. Pero cuando yo llegué, en 1913, esta zona estaba llena de fábricas y almacenes, en su mayoría abandonados o en mal estado, propiedad de pequeñas empresas. Las casas eran feas y viejas, y en Furukawa vivía la gente que sólo podía pagar los alquileres más bajos.

Yo tenía una buhardilla encima de un piso donde vivía una mujer con su hijo soltero, pero el lugar no se ajustaba a mis necesidades. Como no había electricidad, me veía obligado a pintar a la luz de un quinqué. Apenas había espacio suficiente para instalar un caballete e, inevitablemente, salpicaba de pintura las paredes y el tatami. Muchas veces, cuando me quedaba pintando por la noche, despertaba a la anciana y a su hijo. Lo más molesto era el techo. Era demasiado bajo y me impedía estar erguido. En consecuencia, me pasaba horas y horas trabajando encogido, golpeándome continuamente la cabeza con las vigas. Sin embargo, por aquel entonces me sentía tan feliz de que la empresa de Takeda me hubiese admitido, y de estar ganándome la vida como artista, que apenas pensaba en lo deplorable de aquellas condiciones.

Como es natural, durante el día no trabajaba en mi habitación sino en el estudio del maestro Takeda. El estudio, que también estaba en Furukawa, era una gran sala encima de un restaurante donde cabíamos los quince con nuestros caballetes, todos en fila. El techo, más alto que el de mi buhardilla, estaba bastante hundido en el centro, de modo que cada vez que entrábamos en la sala gastábamos la broma de decir que el techo había bajado unos cuantos centímetros desde el día anterior. Había ventanas a lo largo de toda la sala, pero no nos proporcionaban buena luz para trabajar, ya que los rayos de sol que entraban eran siempre muy intensos y la sala, a lo que más se asemejaba, era al camarote de un barco. Otro problema era que el dueño del restaurante no nos permitía quedarnos pasadas las seis, hora en que empezaba a llegar la clientela. «Hacen ustedes más ruido que un rebaño de vacas», decía. Y no nos quedaba más remedio que seguir trabajando en nuestras respectivas habitaciones.

Debo decir que sin trabajar por las noches, nos era imposible cumplir nuestro programa de producción. La empresa Takeda se enorgullecía de poder entregar siempre cualquier encargo que se le hiciese en el más breve plazo, y por ello el maestro Takeda no se cansaba de decirnos que si no nos ceñíamos al plazo establecido, es decir, el día en que saliese el barco, la competencia nos quitaría futuros encargos. El resultado era que aun trabajando sin descanso durante horas hasta bien entrada la noche, al día siguiente nos sentíamos igualmente culpables de no haber avanzado lo suficiente. A menudo, cuando ya estábamos encima de la fecha tope, nos pasábamos el día pintando, durmiendo como mucho dos o tres horas. Y si durante una época nos llovían los encargos, el mareo y el agotamiento podían durarnos días. A pesar de todo, no recuerdo una sola vez en que no entregásemos un encargo a tiempo, lo cual puede dar una idea del dominio que el maestro Takeda ejercía sobre nosotros.

Cuando llevaba aproximadamente un año trabajando con el maestro Takeda, entró en la empresa un nuevo artista. Se llamaba Yasunari Nakahara, nombre que dudo que les diga gran cosa. No tiene por qué sonarles; no fue un artista que llegara a hacerse célebre. Su mayor logro fue conseguir una plaza de profesor de Bellas Artes en un instituto del barrio de

Yuyama pocos años antes de que empezara la guerra, plaza que, según me han dicho, todavía conserva, dado que las autoridades no vieron motivo alguno para reemplazarlo como hicieron con muchos de sus colegas. Yo lo recordaré siempre como «el Tortuga», mote que le pusimos en la empresa de Takeda y que empleé afectuosamente durante todo el tiempo que duró nuestra amistad.

Todavía guardo un lienzo del Tortuga, un autorretrato que hizo poco después de dejar la empresa de Takeda. En él se ve a un joven delgado, con gafas y en mangas de camisa, sentado en una habitación estrecha y oscura, rodeado de caballetes y de muebles desvencijados, con un lado de la cara iluminado por la luz de la ventana. La seriedad y la timidez que se leen en su rostro corresponden perfectamente al hombre que yo recuerdo. En ese sentido se puede decir que fue de una imparcialidad extraordinaria. En el cuadro parece la típica persona a la que nadie duda en darle un empujón en el tranvía para quitarle el asiento. Pero está visto que todos tenemos nuestra propia idea de nosotros mismos, y si bien la modestia del Tortuga le impidió disimular su carácter tímido, no le inhibió en absoluto a la hora de atribuirse un aire noble e intelectual del que yo no tengo constancia. Ahora bien, para ser justos, no recuerdo a ningún colega que se hiciese un autorretrato con total honradez. Por muy fiel y detalladamente que uno quiera plasmar la imagen que de sí mismo ve en el espejo, la personalidad que queda representada corresponde pocas veces a la realidad que ven los demás.

Al Tortuga le pusimos ese apodo porque, aunque entró en el taller en una época en que habíamos recibido un encargo especialmente importante, no era capaz de hacer más que dos o tres lienzos en el mismo tiempo en que los demás llegábamos a terminar seis o siete. Al principio atribuíamos su lentitud a la poca experiencia y sólo le llamábamos así a sus espaldas, pero pasaron las semanas y, como su producción no aumentaba, terminamos por llamarle a la cara «Tortuga», conscientes de la crueldad que eso implicaba. El sabía muy bien que el apelativo no tenía nada de cariñoso y, sin embargo, recuerdo que se esforzaba por creer lo contrario. Por ejemplo, si desde el otro extremo de la sala alguien le gritaba: «¡Eh, Tortuga! ¿ya has terminado el pétalo que empezaste la semana pasada?», se reía para demostrar que apreciaba la broma. A menudo oí decir a mis colegas que si el Tortuga parecía incapaz de defenderse era porque procedía del barrio de Negishi, cuyos habitantes tenían fama, y aún hoy injustamente la siguen teniendo, de débiles y apocados.

Una mañana en que el maestro Takeda salió de la sala unos instantes, recuerdo que dos colegas se acercaron al Tortuga para reprocharle la lentitud con que trabajaba. Como mi caballete no estaba lejos del suyo, pude ver perfectamente el apuro con que respondía:

–Les ruego que sean pacientes conmigo. Mi mayor deseo es aprender de ustedes. Aprender ese don superior de poder realizar en tan poco tiempo obras de tanta calidad. Estas últimas semanas he hecho lo posible por trabajar más de prisa, pero por desgracia he tenido que desechar varias pinturas. La calidad era tan mala que sólo habría perjudicado a nuestra empresa. Pero me esforzaré al máximo por mejorar la pobre opinión que tienen de mí. Les suplico que me perdonen y que tengan más paciencia.

El Tortuga repitió su súplica dos o tres veces, pero mis dos compañeros siguieron atormentándolo, acusándole de ser vago y de cargarnos a los demás con su trabajo. La mayoría de nosotros habíamos dejado de pintar y nos habíamos congregado a su alrededor. Mis dos colegas estaban atacándole en términos cada vez más duros y, como vi que nadie intervenía, me adelanté y dije:

–Ya basta. ¿No ven que es a un verdadero artista a quien están insultando? Todos deberíamos respetar a un artista que se niega a sacrificar la calidad por la rapidez. Si no lo entienden, es que se han vuelto locos.

Evidentemente, de esto hace ya muchos años, y no les puedo garantizar que aquella mañana pronunciara exactamente esas palabras. De lo que sí estoy seguro es de haber hablado en favor del Tortuga, ya que recuerdo con toda claridad la cara de alivio y agradecimiento con que se volvió hacia mí y la mirada atónita de los otros. Mis colegas sentían por mí mucho respeto. Mi obra era incuestionable y mi producción abundante y de gran calidad, de modo que, al menos durante el resto de la mañana, mi intervención puso fin a los sufrimientos del Tortuga.

Pensarán ustedes que me estoy atribuyendo méritos contándoles esta historia. Sin embargo, lo que pretendo es hacer ver que cualquiera que respete el verdadero arte habría defendido al Tortuga como lo hice yo. Ahora bien, lo que ocurría en el estudio del maestro Takeda en aquella época, era que todos nos sentíamos implicados en una batalla contra el tiempo con el único fin de preservar la reputación de la empresa ganada con tantos esfuerzos. También sabíamos muy bien que las geishas, cerezos, carpas nadadoras y templos que nos encargaban pintar, debían parecer ante todo «japoneses» a los ojos de los extranjeros a quienes los enviábamos, incapaces de apreciar los matices del estilo. Por lo tanto, no creo estar exagerando los méritos de mi época de juventud haciéndoles ver que mi modo de comportarme aquel día fue la manifestación de una cualidad que terminaría por convertirme en un hombre muy respetado, a saber, mi capacidad para pensar y juzgar por mí mismo, aunque ello implicase enfrentarme con los demás. Lo cierto es que, aquella mañana, el único que salió en defensa del Tortuga fui yo.

Tras mi pequeña intervención, el Tortuga me dio las gracias. La escena se repitió alguna que otra vez y, aunque siempre agradecía mi apoyo, estábamos todos tan ocupados que pasó un tiempo hasta que conseguí hablar con él más íntimamente. Creo que transcurrieron casi dos meses desde el incidente que acabo de narrar hasta un día en que nuestro acelerado programa de trabajo nos permitió un respiro. Yo me fui a dar un paseo por los jardines del templo de Tamagawa, como solía hacer cada vez que disponía de tiempo libre y, de pronto, vi al Tortuga sentado en un banco, al sol, aparentemente dormido.

Los jardines de Tamagawa siguen entusiasmándome. Reconozco que los setos y las hileras de árboles que hay ahora proporcionan un ambiente más en consonancia con un lugar de culto; sin embargo, cada vez que voy, no puedo evitar pensar en los jardines tal y como eran en aquella época. Antes de que plantasen los setos y los árboles, el parque parecía mucho más grande y animado. Era una vasta extensión de césped donde por todas partes se veían puestos de caramelos, vendedores de globos y casetas con malabaristas e ilusionistas. El parque de Tamagawa también era el sitio, me acuerdo muy bien, adonde iba la gente a hacerse fotos. No se podía dar un paso sin toparse con el trípode y la tela negra de un fotógrafo. La tarde que me encontré con el Tortuga, era un domingo de principios de primavera. El parque estaba lleno de padres con sus hijos. Al acercarme y sentarme a su lado, el Tortuga se despertó con un sobresalto.

–¡Hombre, Ono-san! –exclamó con júbilo–. ¡Vaya suerte, verlo hoy! Hace unos instantes estaba pensando: si me sobrara un poco de dinero, le haría un regalo a Ono-san para agradecerle lo bueno que es conmigo. Pero en este preciso momento sólo podría regalarle alguna bagatela. Sería como insultarlo. De modo que, entretanto, Ono-san, déjeme agradecerle de todo corazón lo que ha hecho usted por mí.

–No tiene ninguna importancia –dije yo–. He dicho lo que pensaba en unas cuantas ocasiones, eso es todo.

–Son tan escasos los hombres como usted. Francamente, es

un honor ser su colega. Aunque la vida nos lleve por caminos muy dispares, no olvidaré nunca su amabilidad.

Durante un rato tuve que escuchar todas sus alabanzas sobre mi valor y mi integridad. Al final le dije:

–Hace tiempo que quería hablar con usted. ¿Sabe?, he estado sopesando algunas cosas y quizá deje pronto al maestro Takeda.

El Tortuga me miró sorprendido y echó una cómica mirada a su alrededor, como si temiera que me hubiese oído alguien.

–Pues sí –proseguí–. El pintor y grabador Seiji Moriyama se ha mostrado interesado por mi obra. Para mí, es una verdadera suerte. Habrá usted oído hablar de él, ¿no?

El Tortuga, sin apartar sus ojos de mí, sacudió la cabeza.

–El señor Moriyama –dije– es un *verdadero* artista. Hasta es probable que sea un gran artista. Ha sido una suerte que se haya interesado por mí y me haya dado algunos consejos. Me ha dicho que si no dejo al maestro Takeda, mi talento se verá perjudicado. Me ha propuesto que sea su discípulo.

–¿En serio? –observó con cautela mi compañero.

–Y ¿sabe?, mientras paseaba por el parque, me he dicho: el señor Moriyama tiene toda la razón. Me trae sin cuidado que otros se ganen la vida con el maestro Takeda, pero los que tenemos ambiciones más serias, debemos seguir otros caminos.

Entonces le lancé al Tortuga una sugestiva mirada, pero siguió observándome fijamente con expresión cada vez más confusa.

–También me he permitido –le dije– hablarle de usted. E incluso me he tomado la libertad de comentarle que, entre todos mis colegas, era una excepción. De todos, es el único que tiene auténtico talento y aspiraciones serias.

–Pero ¿qué dice, Ono-san? –exclamó con una carcajada–. ¡Qué cosas tiene! Ya sé que lo dice usted por cortesía, pero, aun así, es demasiado.

–He decidido aceptar la amable oferta del señor Moriyama –seguí–. Y le ruego me permita que le enseñe su obra. Con un poco de suerte, quizá también a usted le proponga ser su discípulo.

El Tortuga me miró angustiado.

–Pero Ono-san, ¿qué está usted diciendo? –me dijo bajando la voz–. El maestro Takeda me contrató gracias a la recomendación de una persona muy respetable que conocía mi padre. Y la verdad es que, a pesar de todos los problemas que le causo, Takeda se ha mostrado muy indulgente conmigo. ¿Cómo quiere que lo deje al cabo de pocos meses? Sería una falta de lealtad por mi parte. –De pronto, el Tortuga se dio cuenta del significado de sus palabras y se apresuró a añadir–: No estoy queriendo decir que sea usted desleal. Su caso es distinto. Nunca me atrevería a... –Se puso nervioso y dejó la frase a medias. Después, tras un esfuerzo, cobró energía y preguntó–: ¿De verdad se propone dejar al maestro Takeda?

–A mi juicio –dije–, el maestro Takeda no se merece la lealtad de gente como usted ni como yo. La lealtad se gana. Actualmente todo el mundo habla de lealtad y, en realidad, lo único que hace es obedecer ciegamente las órdenes que recibe. De todas formas, personalmente, no tengo ninguna gana de llevar ese tipo de vida.

Como es natural, es posible que las palabras que dije aquella tarde en el templo de Tamagawa no fueran exactamente éstas, ya que he contado esa escena en otras ocasiones, y cuando una historia se repite varias veces, empieza a adquirir vida propia. Pero aunque aquel día no me expresara con el Tortuga de un modo tan claro, es fácil imaginar que esas palabras, cuya autoría me atribuyo, reflejan con bastante fidelidad la entereza y la resolución que me caracterizaban por aquel entonces.

Y a propósito, donde me veía obligado a contar una y otra vez todas mis aventuras en el taller de Takeda, era en la mesa del Migi-Hidari. A mis alumnos les fascinaba oír historias de mi primera época, sin duda por la curiosidad de saber lo que hacía su maestro a su misma edad. De cualquier modo, mis días con el maestro Takeda era un tema que constantemente salía a colación en aquellas veladas.

–No fue una experiencia tan mala –recuerdo haberles dicho una vez–. Aprendí cosas importantes.

–Discúlpeme, Sensei –y creo que fue Kuroda el que se inclinó sobre la mesa para decirlo–, pero me cuesta creer que un lugar como el que usted describe pueda enseñarle algo útil a un artista.

–Sí, Sensei –dijo otra voz–, díganos qué aprendió usted allí. Según lo que usted cuenta, aquello no era más que una fábrica de cajas de cartón.

Diálogos como éste se repetían una y otra vez en nuestra mesa del Migi-Hidari. Podía estar conversando tranquilamente con uno de ellos, mientras el resto hablaba entre sí y, en cuanto mi interlocutor me hacía una pregunta interesante, todos interrumpían sus respectivas conversaciones y se volvían hacia mí esperando oír mi respuesta. Era como si en todo momento tuviesen un oído atento, al acecho de cualquier enseñanza que yo pudiese impartirles. No quiero decir que careciesen de sentido crítico; al contrario, juntos constituían un equipo de jóvenes brillantes, en el que ninguno se atrevía a hablar sin haberlo pensados dos veces.

–Mi temporada con Takeda –les dije– me enseñó, ya en mi juventud, algo importante, y es que si bien es justo respetar a un maestro, también es importante cuestionar su autoridad. Fue una experiencia que me enseñó a no seguir nunca ciegamente a la masa sino a considerar primero en qué dirección me estaban arrastrando. Y si hay algo que he intentado inculcaros a todos vosotros, ha sido que no os dejéis llevar por las circunstancias, que estéis por encima de todas esas corrientes decadentes e indeseables que nos han inundado durante estos últimos diez o quince años, y que tanto han contribuido a debilitar el carácter de nuestra nación.

No me cabe la menor duda de que aquel día estaba bastante bebido y mi discurso sonó demasiado rimbombante, pero así transcurrían nuestras reuniones en el Migi-Hidari.

–Tiene usted razón, Sensei –dijo uno de ellos–. No debemos dejarnos llevar por las circunstancias. Es algo que todos debemos recordar.

–Y creo que todos los aquí presentes en torno a esta mesa –proseguí– tenemos derecho a estar orgullosos. Si la frivolidad y el mal gusto son dos cosas que han estado predominando a nuestro alrededor, en estos momentos aflora en Japón un espíritu mucho más noble y varonil del que formáis parte todos vosotros. Mi mayor deseo es que no abandonéis este nuevo espíritu y lleguéis a convertiros en sus principales representantes. –Y en ese momento no sólo me dirigí a mi mesa sino a todos los que se encontraban cerca escuchando–: Este rincón nuestro donde nos hallamos reunidos, es una prueba del nacimiento del nuevo espíritu y todos tenemos derecho a sentirnos orgullosos.

Muchas veces, conforme se iba caldeando el ambiente, se amontonaban alrededor de la mesa otras personas que se sumaban a nuestros discursos y controversias, o simplemente se limitaban a escuchar, embriagados por el ambiente. En general, mis discípulos no tenían ningún reparo en escuchar a desconocidos pero, evidentemente, si alguien se ponía pesado o nos importunaba con opiniones contrarias, no tardaban en ignorarlo. Sin embargo, a pesar de la algarabía y los discursos que se prolongaban hasta bien entrada la noche, raras veces se producía algún altercado, puesto que todos los que éramos asiduos del Migi-Hidari comulgábamos con los mismos ideales. El establecimiento terminó siendo lo que Yamagata siempre había deseado, un lugar digno, donde emborracharse no tenía nada de vil ni vergonzoso.

En algún rincón de mi casa tengo una pintura de Kuroda, el de más talento entre mis discípulos, que representa una de esas veladas en el Migi-Hidari. Su título, *Espíritu patriota,* puede inducir a imaginar una obra con soldados desfilando o algo por el estilo. Ahora bien, lo que Kuroda quería demostrar es que el patriotismo empieza a desarrollarse justamente en lugares que no son el frente, en la rutina de la vida diaria. En los sitios donde tomamos una copa, por ejemplo, o en la gente con la que tratamos. El cuadro es un homenaje (por aquella época aún creía en esas cosas) a la esencia del Migi-Hidari. La pintura, hecha al óleo, muestra un conjunto de mesas, y recoge muy bien los colores y el decorado del local, destacando ante todo las pancartas con lemas patrióticos y los emblemas colgados de las barandas del segundo piso. Debajo de las pancartas, se ve a los clientes conversando en torno a las mesas, mientras que en primer plano una camarera vestida con kimono se apresura a llevar una bandeja con bebidas. Se trata de una excelente pintura que plasma con mucha precisión el ambiente bullicioso y, sin embargo, respetable y digno del Migi-Hidari. Y aún hoy, cuando a veces se me ocurre mirarla, me sigue produciendo cierta satisfacción pensar que, gracias a mi buena reputación en la ciudad, fui capaz de contribuir, aunque mínimamente, a que un lugar semejante pudiera florecer.

Ultimamente, las noches que voy al bar de la señora Kawakami acabo recordando aquellos tiempos del Migi-Hidari. Debo decir que Shintaro y yo solemos ser los únicos clientes y que, sentados los dos a la barra, codo con codo, a la luz baja de las lámparas, nos entra la nostalgia fácilmente. A veces, basta con que empecemos a hablar de alguien de aquella época, de lo que bebía o de alguna manía especial que tuviese. Y cuando intentamos que la señora Kawakami recuerde al personaje en cuestión, nos enfrascamos en más y más detalles sobre el individuo, con el fin de refrescarle la memoria. La otra noche, después de haber agotado todos los recursos que se nos ocurrían, la señora Kawakami dijo (lo que por otra parte suele acabar diciendo):

–En fin, ahora no me acuerdo del nombre, pero si le viera, estoy segura de que le reconocería.

–Bueno, Obasan –dije recordando–, a decir verdad nunca fue un buen cliente. Siempre se iba enfrente a beber.

–¡Ah, sí! A ese bar tan grande. Da igual. Si le viese, le reconocería. Aunque ¿quién sabe? La gente cambia tanto... A veces cuando veo a alguien por la calle que creo conocer, me digo «voy a saludarlo», pero cuando vuelvo a mirar, ya no estoy tan segura.

–A mí también me pasa –dijo Shintaro–. El otro día saludé a alguien en la calle creyendo que era un conocido, y claro, el hombre pensó que estaba loco y ¡se largó sin contestarme!

A Shintaro le pareció haber dicho algo muy divertido y soltó una fuerte carcajada. La señora Kawakami sólo sonrió y después, volviéndose hacia mí, me djo:

–Sensei, a ver si convence usted otra vez a sus amigos para que vuelvan por este barrio. Cada vez que nos encontramos con alguien de aquella época deberíamos pararlo y decirle que pasara por aquí. Quizá al cabo de un tiempo todo volvería a ser como antes.

–Una idea excelente, Obasan –dije–. Lo voy a intentar. Pararé a la gente en la calle y le diré: «Yo a usted le conozco. ¿No iba usted por nuestro barrio? Si cree que aquello está muerto, se equivoca. El bar de la señora Kawakami sigue en el mismo sitio, igual que siempre. El barrio vuelve a ser como antes.»

–Eso es, Sensei –dijo la señora Kawakami–. Le dirá a la gente que no sabe lo que se pierde, que esto va a cobrar vida otra vez. Después de todo, quien tiene que hacer que vuelva la gente es usted. En todo el barrio, era a usted a quien más respetaban.

–Bien dicho, Obasan –dijo Shintaro–. Antiguamente,

cuando un noble se encontraba con que su tropa se había disuelto después de una batalla, se apresuraba a reunirla de nuevo. La situación de Sensei es la misma.

–¡Qué tontería! –dije riéndome.

–Es cierto, Sensei –prosiguió la señora Kawakami–, busque a todos los que venían antes y dígales que vuelvan. Cuando pase un tiempo, compraré el local de al lado y abriré un bar imponente. Como el que había antes enfrente.

–Se lo aseguro, Sensei –insistía Shintaro–. La obligación de un noble es reunir a sus hombres.

–Una idea interesante, Obasan –dije asintiendo–. Como usted sabe, el Migi-Hidari era un bar no más grande que este local, y con el tiempo, conseguimos convertirlo en un lugar importante. Quizá aquí deberíamos hacer lo mismo. Ahora que empiezan a arreglarse las cosas, la gente debería venir de nuevo.

–Podría usted volver a traer a sus amigos artistas, Sensei –dijo la señora Kawakami–. Seguro que los periodistas vendrían detrás.

–No es mala idea. Quizá diera resultado. Ahora bien, no sé si en un sitio tan grande... Tampoco es cuestión de que se vea usted desbordada de trabajo, Obasan.

–Pero qué tontería –protestó ofendida la señora Kawakami–. Si se apresura usted a hacer lo que hemos dicho, ya verá qué bien sale todo.

Ultimamente, éste es un tema del que hemos hablado mucho, y me he preguntado si acaso no volvería a resurgir el barrio como antes. Cuando hablamos de esto, tendemos a tomárnoslo en broma. En el fondo, sin embargo, aún conservamos una llama de optimismo. «La obligación de un noble es reunir a sus hombres.» Es posible que esa sea mi obligación. Cuando el futuro de Noriko esté arreglado de una vez por todas, me plantearé en serio los planes de la señora Kawakami.

Creo que debería contarles que, desde que acabó la guerra, he visto a Kuroda, mi antiguo protegido, una sola vez. En realidad, lo encontré por casualidad una mañana lluviosa. Fue durante el primer año de ocupación, antes de que echaran abajo el Migi-Hidari y todos los demás edificios. Ahora no sé muy bien adónde me dirigía, pero decidí pasar por nuestro antiguo barrio de vida nocturna, completamente en ruinas, mirando por debajo del paraguas los esqueletos de los edificios que aún quedaban en pie. Me acuerdo que aquel día había algunos obreros por la zona, de modo que no presté ninguna atención a una silueta que vi plantada frente a un edificio totalmente carbonizado. Sin embargo, al pasar por delante, me di cuenta de que la silueta se había vuelto y me estaba observando. Me detuve, miré con más atención y, a través de la cortina de lluvia que resbalaba por mi paraguas, descubrí con gran sorpresa que era Kuroda el que, carente de toda expresión, me estaba mirando.

Llevaba puesto un impermeable oscuro, iba sin sombrero y se protegía bajo un paraguas. El agua de la lluvia se deslizaba por las ruinas calcinadas de los edificios que tenía a sus espaldas, y junto a él los restos de un canalón dejaban caer una verdadera cascada. Recuerdo que entre nosotros se cruzó un camión lleno de obreros y seguidamente reparé en que, como el paraguas tenía una varilla rota, al lado del pie le caía un hilillo de agua.

Kuroda había envejecido. Es lo que me dije al ver que las formas redondas de su rostro habían desaparecido para dar paso a unos pómulos muy marcados y a unas profundas arrugas en torno al cuello y el mentón.

Movió la cabeza y no supe si pensaba hacerme una reverencia o si, como el paraguas estaba roto, trataba de evitar que el agua le salpicara. Después se volvió y empezó a alejarse.

En fin, no era mi intención ponerme a hablar de Kuroda. En realidad, me ha venido ahora a la mente porque el mes pasado me encontré casualmente con el doctor Saito en el tranvía, y su nombre surgió de pronto.

Fue la tarde en que llevé a Ichiro a ver la película del monstruo. Finalmente, la terquedad de Noriko nos había impedido ir el día anterior. Lo cierto es que fuimos solos mi nieto y yo. Noriko no quiso venir y Setsuko se ofreció a quedarse en casa. La reacción de Noriko no había sido más que una chiquillada, pero Ichiro había interpretado a su modo el comportamiento de las dos mujeres. Aquel día, cuando nos sentábamos a comer, empezó diciendo:

–Tía Noriko y mamá no vienen porque les da mucho miedo la película, ¿verdad, Oji?

–Sí, eso creo yo.

–Les debe dar mucho miedo. Tía Noriko, ¿a que le daría muchísimo miedo ver la película?

–¡Ya lo creo! –dijo Noriko poniendo cara de terror.

–Hasta a Oji le da miedo. Fíjense, se nota que le da miedo, y eso que es un hombre.

Aquella tarde, a punto ya de irnos al cine, presencié una curiosa escena entre Ichiro y su madre. Setsuko le estaba atando las sandalias. Mi nieto intentaba decirle algo, pero cada vez que Setsuko decía: «¿Qué quieres, Ichiro?, no te oigo», él la miraba muy enfadado y rápidamente se volvía hacia mí para ver si lo había oído. Al final, una vez puestas las sandalias, Setsuko se inclinó para que Ichiro le pudiese hablar al oído. Ella entonces asintió y se metió en casa. Al instante volvió con un impermeable, lo plegó y se lo entregó al niño.

–No creo que llueva –observé yo, mirando hacia fuera. La verdad es que hacía un día magnífico.

–Da igual –dijo Setsuko–. Ichiro tiene ganas de llevarlo.

Lo cierto es que esa insistencia en llevar el impermeable me desconcertó. Pero una vez que estuvimos afuera, al sol, y empezamos a bajar la colina camino de la parada del tranvía, me di cuenta de que Ichiro iba presumiendo, como si el impermeable lo hubiese transformado de pronto en una especie de Humphrey Bogart. Deduje entonces que sólo lo había cogido para imitar a algún héroe de sus tebeos.

Estábamos al pie de la colina cuando Ichiro me dijo:

–Oji, antes era usted un artista famoso.

–Por supuesto, Ichiro.

–Le he dicho a tía Noriko que me enseñe sus cuadros, pero no quiere.

–Ahora están todos guardados.

–Tía Noriko es una desobediente, ¿verdad, Oji? Le he dicho que me enseñara sus cuadros y no quiere, ¿por qué?

Yo me reí y le dije:

–No sé, Ichiro. Estaría ocupada.

–Es una desobediente.

Volví a reírme:

–Sí, es verdad.

La parada del tranvía está a diez minutos de nuestra casa. Hay que bajar la colina hasta el río y seguir por el nuevo dique de cemento. La línea que va al norte coincide con la carretera justo al otro lado de los nuevos bloques de pisos. Fue en esa parada donde, aquella soleada tarde del mes pasado, mi nieto y yo cogimos el tranvía para ir al centro. En el trayecto nos encontramos con el doctor Saito.

Sé que hasta ahora no he hablado mucho de los Saito. El hijo mayor es el que, de salir todo bien, será el futuro marido de Noriko. Son una familia totalmente distinta de los Miyake. Desde luego, los Miyake son gente muy respetable, pero, francamente, no puede decirse que sean una familia ilustre. Los Saito, por el contrario, sí lo son. Y no estoy exagerando. Aunque hasta aquel año no nos hubiésemos tratado mucho, yo siempre había oído hablar de las contribuciones que el doctor Saito había hecho al mundo del arte y, desde hacía mucho tiempo, si nos encontrábamos por la calle, nos saludábamos siempre muy ceremoniosamente. Nos demostrábamos así uno a otro estar al tanto de nuestra reputación. Es evidente que, cuando nos encontramos el mes pasado, las circunstancias eran muy distintas.

El tranvía no se llena hasta la parada de Tanibashi, una vez cruzado el puente de acero que hay sobre el río. Por eso, como el doctor Saito se subió en la parada siguiente a la nuestra, pudo encontrar sitio justo a mi lado. Era inevitable que al empezar a hablar nos sintiéramos un poco cohibidos. A ninguno de los dos nos pareció oportuno tratar abiertamente el tema de la boda. Las negociaciones de matrimonio se encontraban todavía en una fase inicial muy delicada. Por otro lado, también habría resultado absurdo no hacer la menor alusión al tema, de modo que, al final, ambos elogiamos el mérito que tenía «el señor Kyo, nuestro amigo común» (nuestro intermediario), y el doctor Saito apuntó con una sonrisa:

–Esperemos que gracias a él nos volvamos a ver pronto.

Fue la única alusión que hicimos al asunto. Después me resultó imposible no comparar la serenidad con que se comportó el doctor Saito con la torpeza de los Miyake el año anterior. Sea cual sea el resultado final, uno se siente más tranquilo tratando con familias como los Saito.

Por lo demás, sólo hablamos de nimiedades. El doctor Saito se mostró afable y afectuoso. Cuando le preguntó a Ichiro si disfrutaba de su estancia y si tenía ganas de ver la película, mi nieto se puso a hablar con él sin mostrar timidez alguna.

–Buen chico –me dijo el doctor Saito con gesto de aprobación.

Faltaba poco para llegar a su parada, cuando el doctor Saito, que ya se había puesto el sombrero, observó:

–Hay otra persona a quien los dos conocemos, un tal señor Kuroda.

Lo miré sonriendo.

–El señor Kuroda –repetí–, ¡ah, sí! Uno de mis antiguos discípulos.

–Exacto. Hace poco me encontré con él y mencionó su nombre.

–¿De verdad? Pues hace tiempo que no lo veo; por lo menos, desde antes de la guerra. ¿Qué tal le va? ¿A qué se dedica?

–Creo que lo han contratado en la nueva facultad de Uemachi, como profesor de Bellas Artes. Por eso lo conocí. La dirección del centro me pidió que asesorara a la comisión de selección.

–Entonces, no lo conoce usted mucho.

–No, claro que no. Aunque espero volver a verlo.

–Entonces –dije–, el señor Kuroda todavía se acuerda de mí. Es muy halagador.

–Sí, es cierto. Estábamos hablando de no sé qué y mencionó su nombre. No he tenido ocasión de hablar con él largo y tendido, pero si vuelvo a verlo le diré que nos encontramos.

–Muy bien.

En esos momentos el tranvía cruzó el puente de acero y las ruedas chirriaron muy fuerte. Ichiro, que hasta entonces había permanecido arrodillado en el asiento, mirando por la ventanilla, señaló con el dedo en dirección al agua. El doctor Saito volvió la cabeza, intercambió unas cuantas palabras con Ichiro y, al llegar el tranvía a su parada, se levantó, hizo un último comentario sobre «la labor del señor Kyo», se despidió con una reverencia y salió del tranvía.

Como era habitual, después de aquella parada el tranvía se abarrotó y el resto del viaje fue por lo tanto bastante incómodo. Al apearnos, justo enfrente del cine, me fijé en el cartel de la película, que estaba junto a la entrada, bien a la vista. El dibujo que había hecho mi nieto dos días antes se le parecía mucho, aunque en el cartel no había fuego. Lo que Ichiro había retenido era el efecto de las rayas rojas a modo de relámpagos, que el artista había trazado para dar énfasis a la ferocidad de la bestia.

Ichiro se acercó al cartel y soltó una fuerte carcajada.

–Se nota que es un monstruo de mentira –dijo señalándolo con el dedo–. Lo nota cualquiera, que es de mentira.

Y volvió a soltar una carcajada.

–Ichiro, por favor. No te rías tan fuerte. Estás llamando la atención.

–No puedo evitarlo. Se nota tanto que es falso... ¿A quién quiere usted que le dé miedo?

Tomamos asiento y, una vez empezada la película, descubrí la auténtica finalidad del impermeable. Al cabo de diez minutos sonó una música siniestra y en la pantalla apareció una caverna oscura medio envuelta por la niebla. Ichiro susurró:

–¡Qué aburrido! Cuando pase algo interesante, me avisa.

Dicho esto, se cubrió la cabeza con el impermeable. Unos segundos después se oyó un fuerte rugido y el lagarto gigante salió de la caverna. Ichiro se aferró a mi brazo y, al volverme para mirarlo, vi que con la otra mano se había echado todo el impermeable por encima.

Se quedó así durante casi toda la película. De vez en cuando me sacudía el brazo y me preguntaba por debajo del impermeable: «¿Se pone interesante?» Y entonces tenía que detallarle en voz muy baja todo lo que pasaba en la pantalla, hasta que abría un poco el impermeable. Pasado un instante, en cuanto se veía el menor indicio del monstruo, cerraba la pequeña abertura y decía: «¡Qué aburrido! No se olvide de avisarme cuando empiece lo interesante.»

No obstante, al regresar a casa, Ichiro se mostró encantado con la película y no paró de decir:

–Es la mejor película que he visto en mi vida.

Y durante toda la cena estuvo contándonos su versión.

–Tía Noriko. ¿Le cuento lo que pasó después? Fue terrible. ¿Se lo cuento?

–Ichiro, me está entrando tal miedo que apenas puedo comer –dijo Noriko.

–Le advierto que lo que sigue es realmente horrible. ¿Se lo cuento?

–No sé, Ichiro. Tengo ya tanto miedo...

Por un lado, no quería que sacando a colación al doctor Saito la conversación cobrara seriedad, pero, por otro, tampoco habría sido normal ocultar el encuentro. Finalmente, aproveché que Ichiro había hecho una pausa para decir:

–A propósito, en el tranvía nos hemos encontrado con el doctor Saito. Iba de visita.

Mis dos hijas dejaron de comer y me miraron sorprendidas.

–No hemos hablado de nada importante –dije sonriendo–. Hemos tenido una conversación muy jovial, nada más.

Mis hijas no se quedaron muy convencidas, pero se pusieron a comer otra vez. Noriko le lanzó una mirada a Setsuko, y esta dijo:

–¿Cómo se encontraba el doctor Saito?

–Me ha parecido que muy bien.

No sé si seguimos comiendo en silencio o si Ichiro empezó a hablar de nuevo de la película. El caso es que, al cabo de un rato, mientras aún estábamos en la mesa, dije:

–Qué coincidencia. Resulta que el doctor Saito ha conocido a un antiguo discípulo mío, Kuroda. Al parecer, Kuroda va a trabajar en una nueva facultad.

Levanté la mirada del bol y vi que mis hijas habían vuelto a dejar de comer. Era evidente que habían intercambiado algunas miradas y, una vez más (como tantas otras durante el último mes), tuve la impresión de que habían estado hablando de mí.

Aquella noche, volvimos a sentarnos alrededor de la mesa. Mientras leíamos periódicos y revistas, oímos de pronto un ruido extraño. Era un sonido grave y rítmico que venía de algún lugar de la casa. Noriko levantó la mirada alarmada, pero Setsuko dijo:

–Es Ichiro. Lo hace siempre que no puede dormirse.

–Pobre Ichiro –dijo Noriko–. Debe de tener miedo de soñar con el monstruo. Padre, ¿cómo se le ha ocurrido llevarle a ver esa película?

–¿Por qué? –dije yo–. Lo ha pasado muy bien.

–Yo creo que el que quería ver la película era padre –le dijo Noriko a su hermana con tono zumbón–. Pobre Ichiro, obligarle a ver semejante película.

Setsuko se sintió incómoda.

–Padre, ha sido muy amable de su parte llevarlo al cine –murmuró.

–Sí, pero ahora no puede dormirse –dijo Noriko–. Es ridículo que haya ido a ver esa película. No, Setsuko. Tú quédate aquí, iré yo.

Setsuko esperó a que su hermana saliera de la habitación y seguidamente dijo:

–Noriko es muy buena con los niños. Estoy segura de que Ichiro la va a echar de menos.

–Sí, es verdad.

–Siempre ha sido muy buena con los niños. ¿Se acuerda usted de cuando jugaba con los niños de los Kinoshita?

–Sí –dije riéndome. Y añadí–: Ya deben ser muy mayores. Ahora ya no querrán venir aquí.

–Siempre ha sido muy buena con los niños –repitió Setsuko–. Me da pena que a su edad todavía siga soltera.

–Tienes razón. La guerra no pudo cogerla en peor momento.

Seguimos leyendo y al cabo de un rato dijo Setsuko:

–Qué casualidad, encontrarse con el doctor Saito en el tranvía. Parece un verdadero caballero.

–Y lo es. Según se dice, su hijo no le desmerece.

–¿De verdad? –dijo Setsuko pensativa.

Seguimos leyendo un rato más y mi hija volvió a intervenir:

–¿Y el doctor Saito conoce a Kuroda?

–Muy poco –contesté sin levantar la mirada del periódico–. Según parece, se han visto una vez.

–Me pregunto cómo le irá al señor Kuroda. Recuerdo que antes venía por aquí, y hablaban en el recibidor durante horas.

–Ya no sé nada de él.

–Discúlpeme, pero... ¿no sería prudente que le hiciera usted alguna visita?

–¿Una visita?

–Sí, a Kuroda y a otras antiguas amistades.

–No sé, Setsuko.

–Lo digo porque quizá tenga usted ganas de hablar con sus antiguas amistades antes de que lo haga el investigador de los Saito. Es mejor que no surja ningún malentendido innecesario, ¿no cree?

–Claro –contesté reemprendiendo la lectura.

Creo que ya no hablamos más de ese tema y, durante el resto de su visita, Setsuko tampoco volvió a tocarlo.

Ayer, por fin, fui a Arakawa. El sol de otoño entraba a raudales dentro del tranvía. Hacía tiempo que no había hecho ese trayecto, en realidad desde que acabó la guerra, y, al mirar por la ventanilla, me di cuenta de que el paisaje había cambiado mucho. Sólo al pasar por los barrios de Tozaka-cho y Sakaemachi reconocí unas casitas de madera de las que sí me acordaba, pero ahora tenían detrás unos bloques de pisos, hechos de ladrillo. Después, al pasar por la parte trasera de las fábricas de Minamimachi, vi que muchas de ellas estaban abandonadas. Las naves, alineadas unas tras otras, eran un completo caos, con las vigas rotas, chapas oxidadas de metal ondulado y montones de escombros, por lo menos a primera vista.

Sin embargo, cuando el tranvía cruza el río por el puente

de la empresa THK, es como si se entrara en otro universo. Después de pasar por campos y arboledas, se ve enseguida el barrio de Arakawa al fondo de la colina donde muere la línea. A partir del puente, el tranvía baja muy despacio hasta que frena al llegar a la parada, y la sensación que uno tiene al bajar y pisar unas aceras tan limpias, es que la ciudad ya ha quedado lejos.

He oído que Arakawa escapó a los bombardeos, y así debe de ser, porque ayer descubrí que el barrio seguía igual. Después de subir por una colina, gozando de la sombra de los cerezos, me encontré de pronto frente a la casa de Chishu Matsuda. La casa también seguía igual.

La casa de Matsuda no es tan grande ni original como la mía, es más bien el tipo de casa sólida y respetable como son todas las de Arakawa. Tiene un jardín propio y está rodeada por una valla de madera; por lo tanto, guarda una distancia prudente con las demás casas del vecindario. A la entrada hay un arbusto de azaleas y un poste bastante grueso hundido en la tierra, donde se lee el apellido de la familia. Llamé a la campanilla y me abrió una mujer de unos cuarenta años a quien no conocía. Me llevó al recibidor y corrió la mampara de la terraza para que entrara el sol y pudiera ver parte del jardín. Antes de retirarse me dijo:

–El señor Matsuda viene ahora mismo.

A Matsuda lo conocí durante la época en que viví en el chalé de Seiji Moriyama. El Tortuga y yo nos habíamos instalado allí al dejar el taller de Takeda. El día en que Matsuda se presentó en el chalé, debía de ser ya mi sexto año en la casa. Había estado lloviendo toda la mañana y algunos de mis colegas y yo nos habíamos entretenido bebiendo y jugando a las cartas en una de las habitaciones. Poco después del almuerzo abrimos otra botella bien grande y, en ese momento, oímos la voz de un desconocido que gritaba desde el jardín.

Era una voz fuerte y firme. Nos quedamos callados y

cruzamos las miradas, aterrorizados. A todos se nos ocurrió la idea de que la policía había venido a reprendernos. Era por demás absurda, puesto que no habíamos cometido ningún delito. Y aun suponiendo que en algún bar, por ejemplo, alguien hubiese criticado nuestra forma de vida, cualquiera de nosotros la hubiese defendido enérgicamente. De cualquier modo, aquella voz firme que preguntaba: «¿Hay alguien?», nos había cogido desprevenidos, y, de pronto, nos sentimos culpables por las borracheras nocturnas, por las mañanas que pasábamos durmiendo y por la vida desordenada que llevábamos en aquel chalé decadente.

Sólo al cabo de un rato, uno de mis compañeros, el que estaba más cerca de la mampara, la corrió e intercambió unas palabras con el desconocido. Después se volvió y dijo:

–Ono, aquí hay un caballero que quiere hablar contigo.

Salí a la terraza y me encontré con un joven enjuto, más o menos de mi edad, de pie en medio del jardín. Guardo una viva imagen de esa primera vez que vi a Matsuda. La lluvia había cesado y había salido el sol. Matsuda estaba rodeado de charcos y de hojas mojadas caídas de los cedros que dominaban el chalé. Iba demasiado elegante para ser policía. Llevaba una gabardina de corte perfecto, con el cuello levantado, y un sombrero inclinado por encima de los ojos que le daba un aire divertido; cuando salí lo sorprendí mirando a su alrededor muy interesado, de un modo que, ya desde el primer momento, percibí su arrogancia. Al verme, se acercó tranquilamente a la terraza.

–¿Es usted el señor Ono?

Le pregunté en qué podía ayudarle. Volvió a echar un vistazo al jardín y enseguida me dijo sonriendo:

–Un lugar muy interesante. Debió ser la residencia de algún ilustre señor. Una gran residencia.

–En efecto.

–Me presentaré. Soy Chishu Matsuda. Nos conocemos por

carta. ¿No me recuerda? Trabajo para la empresa Okada-Shingen.

Actualmente ya no existe esa empresa. Como muchas otras, desapareció con las fuerzas de ocupación. Pero quizá hayan ustedes oído hablar de ella, o al menos de la exposición que organizaba todos los años hasta que empezó la guerra. Durante una época, para los jóvenes talentos en pintura y grabado esas exposiciones fueron el medio principal para darse a conocer y atraer el interés del público. Alcanzó tal fama que, al final, un gran número de artistas prestigiosos acabaron exponiendo sus novedades junto a las obras de los nuevos talentos. El motivo de la carta que Matsuda me había escrito unas semanas antes era precisamente esa exposición.

–Su respuesta me ha producido cierta curiosidad –dijo Matsuda–. Y he venido para saber exactamente lo que usted piensa.

Lo miré fríamente y contesté:

–Creo que mi carta era bastante explícita. De todas formas, me sentí muy halagado por su interés.

Una leve sonrisa se dibujó alrededor de sus ojos.

–Señor Ono –dijo–, creo que está dejando pasar una oportunidad única. Para usted y para su reputación. Pero le ruego que me diga si al afirmar que no quiere saber nada de nosotros, habla por sí mismo o por boca de su maestro.

–Evidentemente, en primer lugar le pedí consejo a mi maestro, y estoy seguro de que mi decisión, que ya le dejé bien clara en mi última carta, es la más acertada. Le agradezco mucho el interés que muestra usted por mí y es muy amable por su parte haber venido, pero, desgraciadamente, en estos momentos estoy ocupado y no puedo decirle que pase. Ahora, señor Matsuda, le deseo que pase usted un buen día.

–Espere un momento, por favor –me dijo sonriendo cínicamente. Avanzó unos pasos, se detuvo frente a la terraza y levantó la mirada hacia mí–: Para serle sincero, no es la exposición lo que me preocupa. En realidad he venido porque quería conocerlo.

–¿De verdad? ¡Qué amable!

–Quería decirle que lo que he visto de su obra me ha impresionado mucho. Creo que tiene usted verdadero talento.

–Le agradezco sus elogios. Gran parte de mi talento se lo debo a mi maestro.

–Claro. Pero olvidémonos de la exposición. Comprenderá usted que no soy sólo un simple secretario de la empresa Okada-Shingen. También soy un gran amante del arte. Tengo mis pasiones y mis opiniones, y cuando, muy de tarde en tarde, doy con un talento que de verdad me impresiona, siento la necesidad de hacer algo. Me gustaría mucho tener una charla con usted, señor Ono. Tengo ideas que quizá no haya tenido usted nunca y, humildemente, creo que le ayudarán mucho. Ya no lo entretengo más, pero permítame al menos que le deje mi tarjeta de visita.

Sacó una tarjeta de la cartera, la dejó encima de la barandilla y, tras una rápida reverencia, se marchó. No obstante, a mitad de camino se volvió y me dijo en voz alta:

–Considere mi propuesta, por favor. Sólo quiero hablar de algunas ideas, nada más.

De esto ya hará casi treinta años, cuando los dos éramos todavía jóvenes y ambiciosos. El Matsuda que vi ayer era en cambio un hombre de aspecto enfermizo, con el cuerpo desfigurado. La arrogancia y la finura de sus rasgos habían desaparecido. La mandíbula superior y la inferior ya no le encajaban. Vino hasta la habitación ayudado por la mujer que me había abierto la puerta. Le ayudó también a sentarse y al quedarnos solos, Matsuda me miró y me dijo:

–Parece que tú, al menos, te conservas bien. A mí ya me ves, estoy peor que la última vez que nos encontramos.

No lo contradije, pero le aseguré que no tenía tan mal aspecto como él creía.

–Vamos, ¿me estás tomando el pelo? –dijo riéndose–. Sé muy bien que me estoy debilitando mucho y, por lo visto, no hay nada que hacer. Sólo esperar. O me recupero o sigo empeorando. Pero bueno, cambiemos de tema. Te confieso que me sorprende tu visita. Creo que la última vez no nos separamos muy cordialmente.

–¿En serio? No sabía que nos hubiésemos enfadado.

–Claro que no. ¿Por qué íbamos a enfadarnos? Me alegro de que hayas venido a verme. Deben haber pasado ya unos tres años desde la última vez que nos vimos.

–Eso creo yo. Y no es que te haya evitado. Hace tiempo que tengo ganas de pasar a verte, pero entre unas cosas y otras...

–Claro –dijo–. Tendrás mucho trabajo. Naturalmente, me perdonarás que no estuviese presente en el entierro de Michiko-san. Quise escribirte para disculparme, lo que ocurrió es que no me enteré de lo sucedido hasta varias semanas después. Y, por otra parte, con mis problemas de salud...

–Lo comprendo. De todas formas, a Michiko no le habría gustado una ceremonia demasiado aparatosa. Ella ya sabe que asististe con el pensamiento.

–Recuerdo el día en que os presentaron. –Se rió y asintió con la cabeza–. Aquel día me alegré mucho por ti, Ono.

–¿De verdad? –dije riéndome también–. En realidad fuiste tú nuestro intermediario. Para tu tío habría sido demasiado trabajo.

–Es cierto –dijo Matsuda con una sonrisa–. Ya me voy acordando de todo. Era tan vergonzoso que no podía hacer ni decir nada sin ponerse colorado. ¿Te acuerdas de la cita en el Hotel Yanagimachi?

Los dos nos reímos y entonces yo comenté:

–Nos ayudaste mucho. Dudo que lo hubiésemos conseguido sin ti. Michiko te estuvo siempre muy agradecida.

–El destino es muy cruel a veces –dijo Matsuda suspirando–. Justo cuando la guerra ya casi había terminado... Me dijeron que fue un ataque por sorpresa.

–Sí, y parece que fue la única víctima. Como bien dices, el destino es a veces muy cruel.

–En fin, te estoy haciendo recordar cosas terribles. Lo siento.

–No importa. Me gusta recordarla aquí contigo. Es como si volviera a los buenos tiempos.

–Claro.

La mujer trajo el té. Mientras dejaba la bandeja, Matsuda le dijo:

–Señorita Suzuki, le presento a un antiguo colega mío. Llegamos a ser íntimos amigos.

La mujer se volvió hacia mí e hizo una reverencia.

–Con la señorita Suzuki tengo un ama de llaves y una enfermera al mismo tiempo. Si no fuera por ella, ya estaría muerto.

La señorita Suzuki se rió, volvió a hacer una reverencia y se marchó.

Después de irse, Matsuda y yo nos quedamos un rato sentados en silencio mirando entre las mamparas que la señorita Suzuki había dejado abiertas. Enseguida vi que en la terraza había un par de sandalias de esparto puestas al sol. Pero apenas alcanzaba a ver el jardín y, por un instante, tuve la tentación de levantarme y salir a la terraza. Sin embargo, me retuve al caer en la cuenta de que Matsuda querría acompañarme y, para él, sería un gran esfuerzo. Me quedé sentado, preguntándome si el jardín seguiría siendo igual que antes. Que yo recuerde, el jardín de Matsuda, aunque pequeño, estaba arreglado con mucho gusto: una alfombra de musgo, algunos arbolillos bien proporcionados y un estanque profundo. De pronto oí un chapoteo y, cuando estaba a punto de preguntarle a Matsuda si aún tenía carpas, me dijo:

–No exageraba cuando te he dicho que gracias a la señorita

Suzuki todavía estoy vivo. En más de una ocasión, su presencia ha sido decisiva. A pesar de todo lo que ocurrió, conseguí guardar algunos ahorros. Por eso puedo permitirme tenerla a mi servicio. Otros no han tenido tanta suerte. No es que sea rico, pero si me enterase de que algún antiguo colega está en apuros, haría lo que estuviese en mis manos por ayudarle. Después de todo, no tengo hijos a quienes dejarles el dinero.

Yo me reí:

–¡Ay, Matsuda! No has cambiado nada. Sigues igual de sincero. Eres muy amable, pero el motivo de mi visita no es ése. Yo también conseguí guardar algún dinero.

–Me alegro. ¿Te acuerdas de Nakane, el director del Colegio Imperial Minami? Lo veo de vez en cuando. Ahora está hecho un mendigo. Intenta guardar las apariencias, pero está de deudas hasta el cuello.

–Es horrible.

–Se han cometido muchas injusticias, y muy graves –opinó Matsuda–. En fin, nosotros dos nos las arreglamos para conservar nuestros bienes. Y tú deberías dar gracias, ya que, al parecer, también has conservado la salud.

–Es verdad –dije–. Debería dar gracias.

Volví a oír otro chapoteo y se me ocurrió que también podrían ser pájaros que estuviesen dándose un baño al borde del estanque.

–Por lo que oigo, tu jardín es muy distinto del mío –apunté–. Se nota que estamos fuera de la ciudad.

–¿De verdad? Ya casi no me acuerdo de los ruidos de la ciudad. Estos últimos años mi mundo se ha reducido a esto que ves, a esta casa y a este jardín.

–En realidad he venido a pedirte ayuda. Pero no el tipo de ayuda al que aludías antes.

–Veo que te has ofendido. Igual que siempre.

Los dos nos reímos y seguidamente añadió:

–Y bien, ¿en qué puedo ayudarte?

–El caso es que... –dije– Noriko, la menor de mis hijas, va a casarse y en estos momentos se están llevando a cabo las indagaciones.

–¿De verdad?

–Para serte sincero, estoy un poco preocupado por ella. Ya tiene veintiséis años. La guerra le puso las cosas muy difíciles. Si no, seguro que ya estaría casada.

–Creo recordar a la señorita Noriko. Aunque sólo era una niña. Así que ya tiene veintiséis años. Como dices, la guerra puso las cosas muy difíciles, hasta para los mejores proyectos.

–El año pasado estuvo a punto de casarse –continué–, pero en el último momento se vino todo abajo. Y ya que ha surgido el tema, quisiera saber si vino a verte alguien para hablar de Noriko. No quiero ser impertinente, pero...

–No eres nada impertinente, lo entiendo muy bien. Pero no, no hablé con nadie. Además, por aquella época estaba muy enfermo. De haber venido alguien, la señorita Suzuki no le habría dejado pasar.

Yo asentí y agregué:

–Cabe la posibilidad de que este año venga alguien a verte.

–¿Ah, sí? Bueno, de ti sólo tengo cosas buenas que decir. Después de todo, fuimos buenos colegas.

–Te lo agradezco.

–Ha sido todo un detalle venir a verme –dijo–. Pero por la boda de tu hija no era necesario. Quizá la última vez no nos separamos del modo más cordial, pero el asunto de tu hija Noriko es cosa aparte. Ya lo sabes, de ti sólo podría decir cosas buenas.

–Nunca lo he dudado. Siempre has sido muy generoso.

–Sin embargo, me alegro de que esto haya servido para reconciliarnos.

Matsuda hizo un pequeño esfuerzo, se inclinó hacia adelante y empezó a llenar otra vez las tazas.

–Discúlpame, Ono –dijo al final–, pero tengo la impresión de que aún hay algo que te preocupa.

–¿Lo crees?

–Discúlpame por ser tan brusco, pero la señorita Suzuki vendrá ahora mismo a decirme que debo retirarme. Desgraciadamente, no puedo atender a mis invitados demasiado tiempo, aunque se trate de antiguos colegas.

–Por supuesto. Lo lamento mucho. ¿Cómo he podido...?

–No seas ridículo, Ono. Aún puedes quedarte un rato. Te lo decía porque si has venido por algún problema en concreto, sería mejor que lo dijeses. –De pronto empezó a reírse a carcajadas–. Realmente, te horrorizan mis malos modales.

–En absoluto. Sólo pienso en lo poco considerado que he sido. La verdad es que he venido para hablar del futuro matrimonio de mi hija.

–Ya veo.

–En realidad –proseguí–, mi intención era comentarte algunas cosas que pueden surgir. ¿Sabes?, estas negociaciones quizá lleguen a ser un asunto muy delicado. Te estaría enormemente agradecido si respondieses con mucho tacto a algunas preguntas que puedan hacerte.

–Por supuesto. –Tenía la mirada clavada en mí y sus ojos reflejaban cierto regocijo–. Responderé con muchísimo tacto.

–Especialmente en lo referente al pasado.

–Acabo de decirte –dijo Matsuda con la voz algo más fría– que sobre el pasado sólo tengo cosas buenas que decir de ti.

–Claro.

Matsuda siguió mirándome durante un rato y después suspiró.

–Durante estos últimos tres años apenas me he movido de esta casa –dijo–. No obstante, he tenido los oídos bien atentos y sé muy bien lo que está pasando en este país. Sé que ahora hay quien condena a gente como tú y como yo por ideales que defendimos en otra época y de los que nos sentíamos muy orgullosos. Supongo que es eso lo que te preocupa. Crees que quizá te alabe por cosas que sería mejor olvidar.

–No es eso –me apresuré a decir–. Ambos tenemos motivos para estar orgullosos. Es sólo que en lo que se refiere al matrimonio de Noriko, hay que reconocer que la situación es muy delicada. Ahora que sé que actuarás razonablemente me siento más tranquilo.

–Haré todo lo que pueda –dijo Matsuda–. Pero Ono, hay cosas de las que deberíamos estar orgullosos. ¡Qué importa lo que diga la gente! Dentro de muy pocos años podremos ir con la cabeza bien alta y nuestros antiguos ideales volverán a ser valorados. Sólo espero vivir hasta entonces.

–Sí, a mí me pasa lo mismo. Pero cuando pienso en la boda...

–Por supuesto –me interrumpió Matsuda–. Actuaré con mucha delicadeza.

Hice una reverencia y me quedé callado durante un rato. Después dijo Matsuda:

–Pero dime, Ono, si lo que te preocupa es el pasado, supongo que ya habrás visitado a más gente de aquella época, ¿no?

–La verdad es que eres el primero. De los demás no sé nada.

–¿Y Kuroda? Me han dicho que vive en el centro.

–¿De veras? No he vuelto a verlo desde... desde la guerra.

–Si lo que nos preocupa es el futuro de Noriko, quizá deberías ir a verlo, aunque te duela.

–Es cierto. Sólo que no tengo la menor idea de dónde puede estar.

–Ya veo. Esperemos que los investigadores anden igual de perdidos. Aunque suelen ser muy listos.

–Así es.

–Ono, te has quedado más pálido que un muerto. Con el

aspecto tan saludable que tenías cuando llegaste. Te pasa por estar en la misma habitación que un enfermo.

Me reí.

–¡Qué va! Son los hijos. No dan más que preocupaciones.

Matsuda volvió a suspirar y dijo:

–A veces me dicen que no he sabido disfrutar de la vida porque no me he casado ni he tenido hijos. Pero cuando miro a mi alrededor, me parece que los hijos sólo causan problemas.

–No creas que te equivocas.

–Sin embargo, debe ser hermoso pensar que hay unos hijos a quienes dejarles los bienes.

–Así es.

Unos minutos más tarde, tal y como había presagiado Matsuda, entró la señorita Suzuki en la habitación y le susurró algo. Matsuda sonrió y dijo resignado:

–Mi enfermera ha venido a buscarme. Naturalmente, puedes quedarte el tiempo que quieras, pero ahora te ruego que me disculpes.

Después, mientras esperaba en la parada término a que llegase el tranvía en el que subiría la cuesta para llegar de nuevo al centro, recordé las palabras de Matsuda y me sentí más tranquilo: «Sobre el pasado, de ti sólo tengo cosas buenas que contar.» Es verdad que podría haber confiado en él y que no tenía necesidad de ir a verlo, pero siempre es bueno reanudar viejas amistades. En resumidas cuentas, el viaje de ayer a Arakawa valió la pena, no hay duda.

Abril, 1949

Todavía hoy, tres o cuatro veces por semana, sigo cogiendo el sendero que va hasta el río y el puente de madera. Los que vivían aquí antes de la guerra aún lo llaman el Puente de las Vacilaciones. El nombre se debe a que, hasta no hace mucho, para ir al barrio de la vida nocturna había que cruzarlo, y se dice que, a menudo, había hombres que se quedaban a mitad del puente, sin saber si ir a divertirse o volver a casa con sus esposas. En mi caso, si alguna vez me he quedado a mitad del puente, no es que vacilara, es sólo que me produce un gran placer contemplar cómo se pone el sol, mirar el entorno y examinar todos los cambios que ha habido.

Al pie de la colina, justo de donde acabo de venir, han construido muchos bloques de casas, y más lejos, siguiendo la margen del río, donde hasta hace sólo un año no había más que hierba y barro, una empresa está levantando bloques de pisos para sus futuros empleados. Los bloques están sin terminar y, cuando el sol casi toca el río, es fácil confundirlos con casas bombardeadas como las que todavía quedan en algunas partes de la ciudad.

No obstante, las ruinas van siendo cada día más escasas. Habría que dirigirse hacia el norte por el barrio de Wakamiya, o bien llegar hasta la zona entre Honcho y Kasumagachi, donde los daños fueron realmente importantes, para encontrar auténticas ruinas. Y sin embargo, hace sólo un año la ciudad estaba llena de escombros y edificios destrozados por las bombas. La zona que empieza cruzando el Puente de las Vacilaciones, por ejemplo, era un desierto cubierto de escombros. Ahora, en cambio, es un lugar donde las obras progresan a gran velocidad. Frente al bar de la señora Kawakami, donde antes se amontonaba la muchedumbre en busca de diversión, están haciendo una carretera y, a ambos lados del establecimiento, están poniendo los cimientos de lo que serán en un futuro bloques de oficinas.

Cuando la otra noche la señora Kawakami me contó que una empresa le ofrecía una buena cantidad de dinero por su local, ya hacía tiempo que había supuesto que, tarde o temprano, la mujer tendría que cerrar e irse a otro sitio.

–No sé qué hacer –me dijo–. Después de tanto tiempo sería para mí tremendo tener que irme. Anoche no pude dormir pensándolo y, una vez más, me dije: ahora que Shintaro-san ya no viene, el único cliente que me queda es Sensei. De verdad, no sé qué hacer.

Y es cierto, ahora soy yo el único cliente que le queda. Desde el invierno pasado, Shintaro no ha vuelto a aparecer por el bar de la señora Kawakami. Seguramente, por no encontrarse conmigo. Y todo por un incidente, en el que la señora Kawakami no tuvo nada que ver, pero cuyas consecuencias la han perjudicado.

El año pasado, una noche de invierno de las muchas en que solíamos tomar una copa juntos, Shintaro me comentó lo ansioso que estaba por conseguir un puesto de profesor en uno de los nuevos institutos. Me confesó incluso que ya había enviado varias solicitudes. Evidentemente, Shintaro ya no era discípulo mío desde hacía años y no había razón alguna para que no pudiese hacer las gestiones necesarias sin consultarme. Además, yo era consciente de que en aquel momento había otras personas que podían serle más útiles que yo. Y sin embargo reconozco que me sorprendió que no hubiese recurrido a mí para nada, ni siquiera para formular las solicitudes. Un día de invierno, poco después de Año Nuevo, Shintaro se presentó en mi casa y, entre risas, me dijo nervioso en la entrada: «Sensei, sé que es una impertinencia venir así a su casa.» El gesto me produjo algún alivio. En cierto modo, era como si nuestra relación volviese a cobrar su carácter familiar.

Encendí el brasero del recibidor y nos sentamos al lado para calentarnos las manos. Al ver que Shintaro tenía en el impermeable algunos copos de nieve que ya empezaban a derretirse, le dije:

–¿Ha empezado otra vez a nevar?

–Un poco, comparado con esta mañana.

–Lamento que la habitación esté tan fría. Me temo que es la más fría de la casa.

–No se preocupe, Sensei. En mi casa hace mucho más frío. –Sonrió contento y se frotó las manos encima de las brasas–. Le agradezco que me reciba usted de este modo. Siempre ha sido usted muy amable conmigo. Si empezase a recordar todo lo que ha hecho por mí...

–En absoluto, Shintaro. El caso es que a veces pienso que últimamente no he sido muy atento con usted, de modo que si puedo expiar mi despreocupación de algún modo, aunque sea a estas alturas, le agradecería me lo dijese.

Shintaro se rió y siguió frotándose las manos:

–Sensei, qué tonterías dice. Si tuviese que recordar todo lo que ha hecho usted por mí...

Me quedé un rato observándole y le dije:

–Dígame, Shintaro, ¿en qué puedo servirle?

Levantó la mirada sorprendido y volvió a reírse:

–Discúlpeme, Sensei. Empezaba a sentirme tan cómodo que había olvidado por completo el motivo por el que vine a molestarlo.

Era, me dijo, muy optimista respecto a la plaza libre del Instituto de Higashimachi. Personas de fiar le habían dado a entender que su candidatura figuraba entre las favoritas.

–Sin embargo, hay un par de cosas que el comité de selección no ve con muy buenos ojos.

–¿Ah, sí?

–Sí, Sensei, y quizá deba serle sincero. Son detalles referentes al pasado.

–¿Al pasado?

–Sí. –Shintaro se puso nervioso y, haciendo un esfuerzo, prosiguió–: Como ya sabe, Sensei, siento hacia usted un gran respeto. He aprendido mucho, y siempre estaré orgulloso de haber sido su discípulo.

Bajé la cabeza y esperé a que siguiera hablando.

–Sensei, el caso es que le estaría muy agradecido si usted mismo escribiera al comité de selección. Sólo para confirmarles algunas declaraciones que he hecho.

–¿Qué declaraciones, Shintaro?

Shintaro soltó una risita y volvió a poner las manos sobre el brasero.

–Es sólo para tenerlos contentos. Nada más. Recordará que en una ocasión tuvimos ciertas divergencias. Fue con motivo de mi trabajo durante la crisis china.

–¿La crisis china? Lo siento, Shintaro, pero no recuerdo que discutiéramos.

–Discúlpeme, Sensei, quizá esté exagerando. No fue una auténtica discusión, pero sí me atreví a manifestar mi desacuerdo. Es decir, me opuse al juicio que emitió usted sobre mi trabajo.

–Discúlpeme, Shintaro, pero no sé a qué se está refiriendo.

–No me extraña que ya haya borrado de su memoria semejante banalidad, pero ocurre que en mis circunstancias actuales, el asunto es de gran importancia. Quizá lo recuerde usted si piensa en la fiesta que hubo aquella noche. Creo que estábamos en el Hotel Hamabara. Bebí un poco de más y tuve la descortesía de decirle lo que pensaba.

–Tengo muy vagos recuerdos de aquella noche, por lo tanto, se me escapan muchos detalles. Además, Shintaro, ¿a qué viene ahora sacar a relucir una pequeña discusión?

–Discúlpeme, Sensei, pero ocurre que el asunto tiene ahora cierta relevancia. El comité debe estar completamente seguro de algunas cosas. Después de todo, hay que tener contentas a las autoridades americanas. –Shintaro pronunció estas palabras casi en voz baja, muy nervioso y, a continuación, añadió–: Sensei, le ruego que intente recordar aquel incidente entre nosotros. Aunque siempre le he estado agradecido, y sigo estándolo por la inmensidad de cosas que he aprendido con usted, lo cierto es que no siempre he compartido sus opiniones. Y quizá no exagere si le digo que tuve muchas reservas en cuanto al modo de dirigir nuestra escuela por aquel entonces. Quizá recuerde usted, por ejemplo, que aunque al final me ajustara a sus criterios, cuando hice los carteles sobre la crisis de China tuve mis dudas al respecto, e incluso me atreví a dejarle bien claro mi parecer.

–Los carteles sobre la crisis de China –murmuré–. Sí, ya recuerdo sus carteles. En aquel momento crucial, el país tuvo que mostrarse enérgico y decidir lo que quería. Que yo recuerde, su postura fue correcta y todos nos sentimos muy orgullosos de su trabajo.

–Pero recordará usted, Sensei, que ante el trabajo que deseaba usted que hiciera tuve mis reservas y, aquella noche en el Hotel Hamabara, mostré claramente mis discrepancias. Discúlpeme por molestarlo por un asunto tan trivial.

Creo que durante unos instantes me quedé callado y tuvo que ser más o menos en ese momento cuando me levanté, pues cuando volví a hablar, recuerdo que me encontraba al otro lado de la habitación, junto a las mamparas de la terraza.

–Quiere que le envíe al comité una carta –dije al final–,

que lo desvincule totalmente de mí. En definitiva, su petición consiste en eso.

–De ningún modo, Sensei. Me está entendiendo mal. Me siento tan orgulloso como siempre de que me asocien a su nombre. Ahora bien, respecto al asunto de los carteles sobre China, si al comité le quedase claro que...

Una vez más, no terminó la frase. Corrí una mampara dejándola un poco abierta. Un soplo de viento frío penetró en la habitación, pero, no sé por qué, no lo sentí. Miré por la abertura hacia el jardín, que se extendía al otro lado de la terraza. Los copos de nieve caían arrastrados por el viento.

–Shintaro –dije–, ¿por qué no afronta el pasado sin más? En aquella época logró mucha fama con sus carteles. Fama y elogios. Que la gente tenga ahora una opinión distinta de su obra no es razón para que reniegue usted de sí mismo.

–Tiene usted razón, Sensei –dijo Shintaro–. Entiendo lo que dice, pero, volviendo a lo que ahora nos ocupa, le agradecería enormemente que le escribiera al comité una carta sobre los carteles de la crisis de China. Aquí tengo el nombre y la dirección del presidente del comité.

–Por favor, Shintaro, escúcheme.

–Con todos mis respetos, Sensei, le diré que siempre le he agradecido sus consejos y su sabiduría, pero en este momento soy un hombre a mitad de su carrera. Cuando uno ya se ha retirado, está muy bien reflexionar y pensar las cosas, pero sucede que el mundo en que vivo es un mundo complejo y hay un par de cosas que debo tener en cuenta si quiero conseguir este puesto que, salvado ese escollo, ya es mío. Se lo ruego, Sensei, considere mi situación.

No le respondí. Seguí mirando cómo caía la nieve. Shintaro, a mis espaldas, se levantó.

–Sensei, aquí tiene usted el nombre y la dirección. Si me permite, se lo dejo aquí encima. Le agradecería que cuando tenga tiempo considere mis palabras con toda atención.

Durante unos instantes esperó a ver si me volvía y le permitía despedirse dignamente, pero yo seguí contemplando el jardín. A pesar de que la nieve seguía cayendo, apenas había cuajado en una fina capa sobre los arbustos y las ramas. Y, mientras miraba, la brisa movió una rama del arce e hizo caer casi toda la nieve. Sólo la farola de piedra de detrás del jardín tenía una buena capa blanca encima.

Oí cómo Shintaro se despedía y salía de la habitación.

Quizá parezca que ese día estuve innecesariamente brusco con Shintaro, pero teniendo en cuenta todo lo que había ocurrido semanas antes de su visita, estoy seguro de que comprenderán por qué adopté una postura tan poco solidaria ante sus deseos de eludir toda responsabilidad. La visita de Shintaro tuvo lugar sólo unos días después del *miai* de Noriko.

Durante el otoño, las conversaciones previas a la boda de Noriko y Taro Saito avanzaron muy favorablemente. En octubre habíamos intercambiado algunas fotos y, por lo tanto, a través del señor Kyo, nuestro intermediario, nos llegó la noticia de que el joven estaba ansioso por conocer a Noriko. Esta, evidentemente, fingió tener que considerar la propuesta, pero a esas alturas ya estaba claro que mi hija, a los veintiséis años cumplidos, no podía rechazar así como así a alguien como Taro Saito.

Por lo tanto, anuncié al señor Kyo que estábamos de acuerdo con el *miai* y, finalmente, acordamos una fecha de noviembre y una cita en el Hotel Kasuga Park. Convendrán conmigo en que el Hotel Kasuga Park es hoy un tanto vulgar, por lo que la elección no me dejó muy satisfecho. Pero el señor Kyo me aseguró que teníamos reservada una habitación y nos dijo incluso que a los Saito les gustaba mucho la comida de ese hotel. Al final di mi consentimiento aunque sin mucho entusiasmo.

El señor Kyo nos advirtió también que, al parecer, la familia del futuro novio tendría más peso en el *miai*, puesto que su hermano menor así como sus padres tenían la intención de estar presentes, y me dio a entender que sería muy conveniente que llevásemos a algún familiar o amigo íntimo para apoyar un poco más a Noriko. Sin embargo era evidente que, estando Setsuko tan lejos, no había nadie a quien pudiésemos pedirle que asistiera al acontecimiento. Fue quizá esa sensación de estar de algún modo en desventaja en el *miai*, añadida a nuestro poco entusiasmo por el lugar de la cita, lo que hizo que Noriko se mostrase más tensa de lo que normalmente hubiera estado. De todas formas, las semanas previas al *miai* no fueron agradables.

A menudo, al volver de la oficina a casa, Noriko hacía comentarios como: «¿Qué ha estado haciendo hoy, padre? Se ha pasado el día de mal humor, supongo.» Pero lo cierto es que, en vez de estar «de mal humor», me había pasado el día intentando asegurar el buen resultado de las indagaciones matrimoniales. Pero dado que por aquella época consideraba importante no agobiarla hablándole del tema, le comentaba muy por encima lo que había hecho, dejándola que siguiera con sus indirectas. Visto ahora, me doy cuenta de que el hecho de no hablar abiertamente de muchas cosas ponía a Noriko aún más tensa, y, si me hubiese mostrado más sincero, quizá nos hubiésemos ahorrado muchas de las desagradables conversaciones que mantuvimos por aquellos días.

Por ejemplo, recuerdo una tarde en que Noriko llegó a casa y yo estaba podando unos arbustos del jardín. Desde la terraza me saludó muy correctamente antes de meterse de nuevo en casa. Unos minutos más tarde, estaba yo en la terraza mirando el jardín para apreciar el resultado de mi trabajo, cuando apareció otra vez Noriko con el té, esta vez vestida con un kimono. Dejó la bandeja entre nosotros y se sentó. Si recuerdo bien, fue una de las últimas y espléndidas tardes de otoño del año pasado. A través de las copas de los árboles se filtraba una luz tenue. Con la mirada puesta en la misma dirección que yo, dijo:

–¿Por qué ha cortado así el bambú, padre? Está desigual.

–¿Tú crees? Yo pienso que ha quedado bien. Tienes que mirarlo por donde predominan los brotes nuevos.

–No debería hacer tantos arreglos, padre. Va a echar a perder también ese arbusto.

–¿También ese arbusto? –Me volví hacia mi hija–. ¿Quieres decir que he echado a perder ya otros?

–Las azaleas ya no están igual que antes. Y todo porque no sabe usted en qué emplear su tiempo libre. Al final acaba tocando lo que no debe.

–Perdón, Noriko, pero no sé a qué te refieres. ¿Me estás diciendo que las azaleas tampoco están bien cortadas?

Noriko volvió a mirar el jardín y suspiró.

–Debería haber dejado todo como estaba.

–Lo siento, Noriko, pero para mí tanto el bambú como las azaleas están mucho mejor así. Lamento decirte que no veo ninguna «desproporción».

–Pues entonces es que está quedándose ciego. O quizá que tiene usted mal gusto.

–¿Mal gusto yo? Vaya. ¿Sabes, Noriko?, nadie ha asociado nunca mi nombre al mal gusto.

–En fin, padre –dijo cansada–, a mí me parece que el bambú está desproporcionado y la forma en que caía el árbol por encima también la ha estropeado usted.

Durante un rato me quedé sentado en silencio contemplando el jardín.

–Sí –dije al final asintiendo–. Supongo que es normal que lo veas así, Noriko. Nunca has sido sensible al arte. Ni tú ni Setsuko. Kenji era otra cosa, pero vosotras habéis salido a vuestra madre. Recuerdo que tu madre también solía decir semejantes disparates.

–Pero padre, ¿acaso es usted un experto en cortar arbustos? No lo sabía, discúlpeme.

–Yo no he dicho que sea un experto, pero me sorprende que se me acuse de tener mal gusto. Me resulta una acusación poco habitual, eso es todo.

–Supongo que es cuestión de opiniones.

–Tu madre era igual que tú, Noriko. Decía lo primero que se le pasaba por la cabeza, cosa que, supongo, da fe de una gran sinceridad.

–Padre, no hay duda de que en ciertos temas es usted la máxima autoridad.

–Noriko, recuerdo que incluso cuando estaba pintando, tu madre era incapaz de reservarse sus comentarios. Me daba su opinión y yo me reía. Al final acababa riéndose también ella y reconocía que no era un tema del que estuviese muy enterada.

–O sea que, en cuanto a su obra, también ha tenido usted siempre la razón.

–Noriko, estamos discutiendo tontamente. Además, si no te gusta lo que he hecho en el jardín, tienes entera libertad para salir y cambiar lo que te parezca.

–Es usted muy amable, padre. Pero ¿cuándo quiere que lo haga? Tengo otras muchas cosas que hacer, no como usted.

–¿Qué quieres decir, Noriko? Yo también he tenido que hacer un montón de cosas. –Me quedé mirándola fijamente durante un rato, pero ella siguió contemplando el jardín con aire abatido. Me volví y suspiré–. Cuando tu madre hablaba así por lo menos nos reíamos.

Era en esos momentos cuando tenía la tentación de echarle en cara todo lo que estaba haciendo por ella. Pero se habría llevado una gran sorpresa, y es más, creo que incluso se habría sentido avergonzada por su modo de tratarme. Aquel mismo día, por ejemplo, había estado en el barrio de Yanagawa. Según había descubierto, era allí donde vivía Kuroda.

Finalmente no me había sido tan difícil dar con su paradero. Un profesor de Bellas Artes de la Facultad de Uemachi, una vez convencido de mis buenas intenciones, no sólo me había dado su dirección, sino también un informe de todas las peripecias de mi antiguo discípulo durante los últimos años. Por lo visto, desde su liberación al acabar la guerra, no le había ido nada mal. Por una de esas cosas de este mundo, sus años de cárcel le habían servido de buenas referencias, y determinados grupos habían considerado un honor acogerlo y ocuparse de él. Por lo tanto, no le había resultado difícil encontrar trabajo, sobre todo dando clases particulares, ni empezar a pintar de nuevo. De modo que, a principios del verano pasado, lo habían contratado como profesor de Bellas Artes en la Facultad de Uemachi.

Puede parecer una hipocresía decir que me alegré, e incluso me enorgulleció oír que Kuroda iba progresando en su carrera. Pero es natural que, como antiguo profesor suyo, me sienta orgulloso de él aunque las circunstancias nos hayan distanciado.

Kuroda no vivía en un buen barrio. Me pasé bastante rato cruzando callejuelas donde no había más que casas de huéspedes destartaladas, hasta que llegué a una plaza de cemento que parecía el patio de una fábrica. Y el caso es que al otro lado de la plaza vi unos camiones aparcados, y más al fondo, detrás de una verja, unas excavadoras removiendo la tierra. Recuerdo que me quedé observando las excavadoras hasta que me di cuenta de que el bloque que tenía enfrente era precisamente el de Kuroda.

Subí al segundo piso. Había dos chiquillos que recorrían con sus triciclos el pasillo de punta a punta. Busqué la puerta de Kuroda. Llamé al timbre pero no obtuve respuesta, y, como había decidido no cejar hasta verlo, volví a llamar.

Un joven de unos veinte años y aspecto saludable abrió la puerta.

–Lo lamento –dijo muy serio–, pero el señor Kuroda no está en casa en estos momentos. ¿Es usted colega suyo?

–En cierto modo. Sólo quería hablar con él de un asunto.

–En ese caso, quizá no le importe pasar y esperar un rato. Estoy seguro de que el señor Kuroda no tardará en llegar. Sentiría mucho no haberlo visto.

–Pero no quisiera molestar.

–En absoluto, señor. Le ruego que pase.

Era un apartamento pequeño y, al igual que muchos de estos pisos modernos, no tenía lo que se dice un vestíbulo. El tatami, por lo tanto, empezaba a poca distancia de la puerta de entrada y no había más que un pequeño escalón. Se veía que era un lugar ordenado; las paredes estaban llenas de cuadros y otros adornos. La luz del sol entraba a raudales por las ventanas, que, según pude ver, daban a un estrecho balcón. De fuera nos llegaba el ruido de las excavadoras.

–¿No tendrá usted prisa? –me preguntó el joven acercándome un cojín–. Si volviese el señor Kuroda y se enterara de que lo he dejado marchar, no me lo perdonaría nunca. Permítame que le prepare un poco de té.

–Muy amable –dije sentándome–. ¿Es usted alumno suyo?

El joven soltó una pequeña carcajada.

–El señor Kuroda tiene la atención de llamarme su protegido, pero yo dudo mucho de merecer tal honor. Me llamo Enchi. El señor Kuroda fue profesor mío, y ahora, a pesar de la gran cantidad de obligaciones que tiene en la facultad, sigue preocupándose desinteresadamente por mi trabajo.

–¿Ah, sí?

Desde fuera nos llegaba el ruido de las excavadoras. Durante unos instantes, el joven se sintió incómodo sin saber qué hacer. Después se disculpó diciendo:

–Si no le molesta, prepararé un poco de té.

Unos minutos más tarde, cuando volvió a aparecer, señalé un cuadro que había en la pared y dije:

–El estilo del señor Kuroda es realmente inconfundible.

En ese momento, el joven soltó una carcajada y se quedó evidentemente molesto mirando el cuadro, con la bandeja aún en las manos. Al cabo de un rato contestó:

–Lo lamento, señor, pero ese cuadro está muy por debajo del nivel del señor Kuroda.

–¿No es suyo?

–Siento decirle que es uno de mis intentos. Mi profesor es tan buena persona que ha considerado el cuadro digno de estar ahí colgado.

–¿De verdad? Vaya, vaya.

Seguí con la mirada puesta en el cuadro. El joven dejó la bandeja a mi lado encima de una mesita y se sentó.

–¿De verdad es obra suya? Debo decir que tiene usted mucho talento. Sí, mucho talento.

Volvió a reírse nervioso.

–Para mí es una suerte tener un profesor como el señor Kuroda. Sin embargo, me temo que aún tengo mucho que aprender.

–¡Y yo que estaba tan seguro de que era un ejemplo de la obra del señor Kuroda! Las pinceladas son típicamente suyas.

El joven manejaba torpemente la tetera como si no supiese qué hacer con ella. Lo observé mientras levantaba la tapa y echaba un vistazo dentro.

–El señor Kuroda me dice siempre –comentó– que debería intentar pintar con un estilo más personal. Pero encuentro que su estilo es tan excepcional que no puedo evitar imitarlo.

–Durante un tiempo no está mal imitar a nuestros maestros. Es un buen sistema para aprender, pero con el tiempo desarrollará usted sus propias ideas y su propia técnica. No hay duda de que es usted un joven con mucho talento. Sí, estoy seguro de que tiene usted mucho futuro. No me extraña que haya suscitado el interés del señor Kuroda.

–No se imagina usted lo mucho que le debo al señor Kuroda. Ya ve que actualmente incluso me alojo aquí, en su apartamento. Llevo casi dos semanas. Hasta ahora me han echado de todas partes, pero el señor Kuroda me ha salvado. No se figura lo que ha hecho por mí.

–¿Dice usted que lo han echado de todas partes?

–Como se lo digo, señor –afirmó con una breve carcajada–. Yo pagaba el alquiler, pero, ¿sabe?, no podía evitar manchar el tatami de pintura, por mucho que lo intentase, y al final el casero me echaba.

Nos reímos los dos y a continuación dije yo:

–Discúlpeme. No es que me dé risa, es sólo que he recordado mis primeros tiempos. Yo también tuve ese problema. Pero si persevera usted, pronto disfrutará de las condiciones apropiadas.

Volvimos a reírnos.

–Me consuela usted, señor –contestó el joven, y empezó a servir el té–. Creo que el señor Kuroda estará ya al caer. Le ruego que espere un poco más. El señor Kuroda se alegrará de poder agradecerle todo lo que ha hecho usted por él.

Me quedé mirándolo sorprendido.

–¿Cree usted que el señor Kuroda me quiere dar las gracias por algo?

–Discúlpeme, pero pensaba que era usted de la Cordon Society.

–¿De la Cordon Society? ¿Y eso qué es?

El joven se quedó mirándome fijamente y volvió a ponerse tan nervioso como al principio.

–Lo siento, señor, es culpa mía. Pensé que era usted de la Cordon Society.

–Me temo que no. Sólo soy un antiguo conocido del señor Kuroda.

–¿Un antiguo colega?

–Sí, llamémoslo así. –Volví a levantar la mirada hacia la

pared, hacia el cuadro del joven–. Ciertamente –continué–, tiene usted mucho talento. Sí, mucho talento.

En ese momento me di cuenta de que el joven me estaba mirando con mucha atención. Al final dijo:

–Discúlpeme, señor, pero... ¿me podría decir su nombre?

–Claro, habrá pensado usted que soy un maleducado. Me llamo Ono.

–Ya.

El joven se levantó y se dirigió a la ventana. Durante unos instantes me quedé mirando el humo de las tazas de té que estaban sobre la mesa.

–¿Cree usted que tardará mucho aún? –pregunté por fin.

Al principio pensé que el joven no contestaría a mi pregunta, pero al fin, sin apartarse de la ventana, respondió:

–Puesto que todavía no ha llegado, lo mejor es que no se entretenga usted más tiempo.

–Si no le importa, ahora que ya he hecho el viaje, esperaré un poco más.

–Informaré al señor Kuroda de su visita y quizá le escriba.

Fuera, en el pasillo, los niños parecían estar gritando y golpeando sus triciclos contra la pared, a poca distancia de nosotros. Al mirar al joven, que aún seguía junto a la ventana, me sorprendió advertir en él un gesto enfurruñado.

–Discúlpeme por lo que voy a decirle, señor Enchi –dije–. Es usted muy joven. Cuando nos conocimos el señor Kuroda y yo, debía ser usted un niño. Le rogaría que no sacara conclusiones precipitadas si no conoce todos los detalles.

–¿Todos los detalles? –dijo volviéndose hacia mí–. Discúlpeme, pero ¿acaso está usted enterado de todos los detalles? ¿Acaso sabe lo que sufrió el señor Kuroda?

–Las cosas son más complicadas de lo que parecen, señor Enchi. Los jóvenes de su generación lo ven todo de un modo muy simple. En cualquier caso, en estos momentos no tiene sentido que nos pongamos a discutir. Si no tiene usted inconveniente, esperaré al señor Kuroda.

–Casi me atrevería a recomendarle que no se demore más tiempo. Informaré al señor Kuroda de que ha estado usted aquí. –Hasta ese momento, el joven había conseguido mantener un tono cordial, pero de pronto pareció perder la paciencia–. Francamente, señor, me asombra su descaro. Presentarse aquí como si fuera su mejor amigo.

–Soy un amigo. Y es más, si me permite usted le diré que es el señor Kuroda quien tiene que decidir si desea o no recibirme.

–Ya conozco muy bien al señor Kuroda, y mi opinión es que lo mejor es que se vaya usted. El señor Kuroda no querrá verlo.

Suspiré y me puse de pie. El joven estaba mirando otra vez por la ventana, pero en el momento que me disponía a coger el sombrero del perchero, se volvió de nuevo hacia mí.

–Todos los detalles, señor Ono –dijo con un tono extrañamente sereno–. Evidentemente, es usted quien ignora todos los detalles. Si no, ¿cómo se habría atrevido a presentarse aquí de este modo? Por ejemplo, supongo que no sabe usted lo del hombro del señor Kuroda. Le dolía muchísimo, pero, casualmente, a los carceleros se les olvidó dar parte de las lesiones y, hasta que no acabó la guerra, no recibió tratamiento alguno. Sin embargo, sí se acordaban muy bien cuando se trataba de darle otra paliza. Traidor. Eso es lo que le decían. Traidor. Día tras día y minuto tras minuto. Menos mal que ya sabemos quiénes eran los verdaderos traidores.

Acabé de atarme los zapatos y me encaminé hacia la puerta.

–Señor Enchi, es usted demasiado joven para comprender el mundo en que vivimos y todas sus complejidades.

–Ahora ya sabemos quiénes eran los verdaderos traidores, y muchos de ellos andan por ahí sueltos.

–¿Le dirá usted al señor Kuroda que he estado aquí? Quizá

tenga la amabilidad de escribirme. Que tenga usted un buen día, señor Enchi.

Como es natural, no dejé que las palabras del joven me trastornaran, pero, teniendo en cuenta la boda de Noriko, me inquietaba la posibilidad de que Kuroda me recordase con tanto rencor como Enchi había dejado entrever. De todas formas, mi deber como padre era insistir en el asunto por desagradable que me resultase, y aquella misma tarde, al volver a casa, le escribí una carta a Kuroda manifestándole mi deseo de volver a verlo y subrayando que era por un asunto muy importante y delicado que tenía que tratar con él. El tono de mi carta era amistoso y conciliador, por eso la fría y ofensiva respuesta que recibí me decepcionó. «No tengo motivos para pensar que una cita con usted pueda dar algún fruto –escribía mi antiguo alumno–. Le agradezco la amabilidad de venir a verme el otro día, pero no se moleste en aparecer de nuevo.»

Confieso que este episodio ensombreció mi estado de ánimo y realmente echó por tierra mis optimistas perspectivas en lo referente a Noriko, y aunque, como he dicho, le oculté mis tentativas de ver a Kuroda, no hay duda de que mi hija percibió que las cosas no se habían resuelto satisfactoriamente y se fue poniendo cada vez más nerviosa.

El día del *miai* mi hija parecía tan tensa que empecé a preocuparme por la impresión que produciría a los Saito esa noche, sobre todo porque los Saito estaban dispuestos a mostrarse tranquilos y relajados. A última hora de la tarde pensé que sería prudente intentar animarla de algún modo, y ésa era mi intención cuando, al verla pasar por el salón donde me encontraba leyendo, le dije:

–Noriko, es sorprendente que puedas pasarte el día entero sin hacer nada más que acicalarte. Se diría que es hoy el día de la boda.

–Se ríe de mí cuando ni siquiera está usted arreglado. Muy propio –me soltó.

–Yo necesito muy poco tiempo para arreglarme –dije riéndome–. Es realmente asombroso que puedas pasarte así todo el día.

–Usted, claro, es demasiado orgulloso para arreglarse como es debido.

La miré sorprendido.

–¿Qué quieres decir con «demasiado orgulloso»? ¿Qué insinúas?

Mi hija se alejó un poco mientras se retocaba el peinado.

–Si prefiere usted mostrarse indiferente ante algo tan banal como es mi futuro, lo comprendo. Además, todavía no ha terminado de leer el periódico.

–Ahora no cambies de tema. Estabas diciendo algo así como que yo era «demasiado orgulloso». ¿Por qué no sigues?

–Lo único que espero es que esté presentable cuando llegue el momento.

Y tras pronunciar esta frase, salió de la habitación.

En ese momento, como en otros muchos durante aquellos días difíciles, no pude evitar pensar en la gran diferencia que había entre la postura de Noriko ese año y la actitud que había mostrado el año anterior, cuando las conversaciones con los Miyake. Entonces había hecho gala de una tranquilidad que rayaba en la autosuficiencia, pero claro, a Jiro Miyake ya lo conocía, y me atrevería a decir que los dos estaban seguros de que se iban a casar y habían considerado las conversaciones entre las dos familias como una simple e incómoda formalidad. El disgusto que tuvo después fue muy desagradable, de eso no hay duda, pero las insinuaciones que había hecho aquella tarde eran a mi juicio innecesarias. De cualquier forma, la discusión no favoreció en absoluto nuestra disposición de ánimo para afrontar el *miai,* y es muy probable que desencadenara los acontecimientos que tendrían lugar aquella noche en el Kasuga Park.

Durante muchos años, el Kasuga Park había sido considerado el más agradable de los hoteles de estilo occidental de la ciudad. Actualmente, en cambio, la dirección se ha dedicado a decorar las habitaciones de un modo un tanto vulgar con el fin, sin duda, de impresionar a los clientes americanos, para quienes el lugar tiene fama por su encanto «japonés». A pesar de todo, la habitación que había reservado el señor Kyo era bastante acogedora. Por los ventanales se veía la ladera oeste de la colina de Kasuga, así como las lejanas luces de la ciudad. Por lo demás, lo que predominaba en la habitación era una gran mesa circular, con sillas de respaldo elevado, y un cuadro que había en una de las paredes y que inmediatamente atribuí a Matsumoto, a quien había conocido muy superficialmente antes de la guerra.

Es posible que los nervios ante el acontecimiento me llevaran a beber demasiado deprisa, porque las imágenes que guardo de aquella noche no son tan claras como debieran. Recuerdo que enseguida tuve una impresión favorable de Taro Saito, el joven al que se me pedía que aceptase como yerno. Además de parecer una persona inteligente y responsable, tenía la elegancia y el aire sereno que yo admiraba en su padre. Al ver la naturalidad y la tranquilidad con que Taro Saito nos había recibido a Noriko y a mí, me vino a la memoria otro joven que también me había impresionado en una situación semejante hacía unos años. Me refiero a Suichi con ocasión del *miai* de Setsuko en lo que por aquella época era el Hotel Imperial. Durante un rato pensé en la posibilidad de que la cortesía y la complacencia de Taro Saito se desvanecieran con el tiempo, como le había ocurrido a Suichi. Aunque, claro, espero que Taro Saito no tenga que pasar por los mismos trances que, según se dice, han marcado a Suichi.

En cuanto al doctor Saito, su presencia resultaba tan imponente como siempre. A pesar de que hasta aquella noche no habíamos sido formalmente presentados, el doctor Saito y yo nos conocíamos desde hacía años, y habíamos adquirido la costumbre de saludarnos en la calle en señal de mutuo respeto. Con su esposa, una bella mujer entrada ya en los cincuenta, también había intercambiado algún saludo; lo mismo que su marido, se caracterizaba por su porte distinguido y su aplomo para manejar cualquier situación desagradable que pudiera surgir. El único miembro de la familia que no me causó buena impresión fue el hijo menor, Mitsuo, a quien le calculé unos veinte años.

Al recordar aquella tarde, me doy cuenta de que el joven Mitsuo levantó mis sospechas en cuanto lo vi. No sé a ciencia cierta cuál fue la primera señal de alarma, quizá el hecho de que me recordase al joven Enchi, a quien había conocido en casa de Kuroda. De cualquier modo, cuando empezamos a comer, mis sospechas se vieron paulatinamente confirmadas, pues aunque Mitsuo se comportó con toda corrección, cuando lo sorprendía observándome, había algo en su mirada o en el modo de pasarme en la mesa cualquiera de los platos, que me hicieron presentir su actitud reprobadora y hostil.

Después de llevar ya un rato comiendo, se me ocurrió de pronto que la actitud de Mitsuo era en realidad la misma que la del resto de la familia, sólo que él no la disfrazaba tan hábilmente. A partir de ese momento, me dediqué a observar a Mitsuo como si fuera el más claro indicador de lo que realmente pensaban los Saito. Sin embargo, no intercambié muchas palabras con Mitsuo, quizá porque estaba sentado al otro lado de la mesa, bastante lejos de mí, o porque a su lado estaba el señor Kyo, con quien mantenía una animada conversación.

–Nos han dicho que es usted aficionada al piano, señorita Noriko –recuerdo que dijo la señora Saito en un momento dado.

Noriko se rió y contestó:

–Casi no practico.

–Yo tocaba el piano cuando era más joven –dijo la señora

Saito–, pero ahora estoy desentrenada. A las mujeres no nos queda tiempo para esos entretenimientos, ¿no cree usted?

–Es cierto –respondió mi hija bastante nerviosa.

–Yo, personalmente, no soy un gran melómano –intervino Taro Saito mirando con insistencia a Noriko–. Mi madre siempre me echa en cara que no tengo el más mínimo oído para la música. Por eso no confío en mis propios gustos. Siempre tengo que pedirle consejo para saber qué compositores debo admirar.

–No digas disparates –dijo la señora Saito.

–¿Sabe, señorita Noriko? –prosiguió Taro–, una vez compré los discos de un concierto para piano de Bach. Mi madre empezó a decirme que era una música muy mala y que yo tenía un gusto pésimo. Evidentemente, frente a las opiniones de mi madre, las mías no tenían peso alguno. El resultado es que ya no escucho a Bach, aunque... estoy pensando que quizá podría usted salvarme. ¿Le gusta Bach, señorita Noriko?

–¿Bach? –Mi hija se quedó perpleja durante unos instantes. Después sonrió y dijo–: ¡Oh, sí, mucho!

–¡Ah! –dijo Taro Saito triunfante–. Mi madre va a tener que replantearse sus gustos.

–No le haga ningún caso, señorita Noriko. Yo nunca he criticado a Bach tan categóricamente. Pero dígame, ¿no está usted de acuerdo conmigo en que, tratándose de piano, Chopin es mucho más expresivo?

–Sí –dijo Noriko.

Este fue el tipo de respuestas que caracterizaron las intervenciones de mi hija durante la primera parte de la velada. Actitud que, por otra parte, no me sorprendió en absoluto. Cuando está en familia, o en compañía de amigos íntimos, Noriko se muestra jovial y a menudo hace gala de un ingenio y de una elocuencia únicas, pero en reuniones más formales he notado que tiene dificultades para encontrar el tono apropiado y da la impresión de ser una joven tímida. Aquella noche ocurrió precisamente eso. A mí me preocupó; estaba claro que los Saito no eran la típica familia a la antigua (el talante de la señora Saito no hizo más que confirmarlo) que prefiere que las mujeres estén calladas y se muestren recatadas. Yo ya lo había supuesto y por eso, mientras preparábamos el *miai*, había insistido en que Noriko debía acentuar en la medida de lo posible su carácter vivo y su inteligencia. Mi hija había aprobado la estrategia y había asegurado, muy decidida, que se comportaría abiertamente y con mucha naturalidad. Yo hasta había temido que cometiese alguna impertinencia, pero después, al ver que a pesar de sus esfuerzos sólo respondía sumisa y llanamente a las preguntas de los Saito, me imaginé lo frustrada que debía sentirse.

En la mesa, sin embargo, la conversación era muy fluida. El doctor Saito, especialmente, demostró mucha soltura para crear un ambiente distendido. Yo, por ejemplo, de no haber estado pendiente de la mirada constante del joven Mitsuo, habría olvidado la trascendencia de la reunión y me habría mostrado más espontáneo. Recuerdo que, en un momento de la comida, el doctor Saito se echó cómodamente hacia atrás en su silla y dijo:

–Al parecer, hoy ha habido más manifestaciones en el centro. Esta mañana ha subido al tranvía un hombre con un hematoma enorme en la frente. Como se sentó a mi lado, le pregunté si se encontraba bien y le aconsejé que fuese a un hospital. Pues bien, me respondió que justamente venía del médico y que a donde iba era a la manifestación para reunirse de nuevo con sus compañeros. ¿Qué le parece, señor Ono?

El doctor Saito había contado aquello sin ningún énfasis, pero por un instante tuve la impresión de que toda la mesa, incluida Noriko, había dejado de comer para escuchar mi respuesta. También es posible que fueran imaginaciones mías, pero el caso es que recuerdo que, al dirigir la mirada al joven Mitsuo, lo sorprendí observándome con especial atención.

–Es realmente lamentable –dijo– que golpeen a la gente. Es evidente que se están desatando las pasiones.

–Tiene usted toda la razón, señor Ono –intervino la señora Saito–. Que se desaten las pasiones, bueno, pero creo que la gente ya está excediéndose. Tantos heridos... A mi marido, sin embargo, todo le parece muy bien. No entiendo cómo puede pensar así.

En vez de reaccionar, que es lo que yo esperaba, el doctor Saito guardó silencio y la atención general volvió a recaer sobre mí.

–Como usted bien dice –apunté–, es una lástima que esté habiendo tantos heridos.

–Mi mujer, como siempre, no sabe interpretar mis palabras –dijo el doctor Saito–. Yo nunca he dicho que me parecieran bien todos estos disturbios. Sólo he intentado convencerla de que detrás de los heridos hay algo más. A nadie le gusta que la gente acabe en el hospital, pero el hecho de que esa misma gente sienta la necesidad de expresarse abiertamente de un modo tan enérgico, es lo que me parece positivo. ¿No lo ve usted así, señor Ono?

Me quedé unos instantes dudando, y antes de que respondiera, habló Taro Saito:

–Padre, es verdad que la gente se está excediendo. Está bien que haya democracia, pero eso no implica que los ciudadanos tengan derecho a organizar una revolución cada vez que no están de acuerdo con algo. A los japoneses nos han enseñado a comportarnos como niños, y ahora tenemos que aprender el sentido de responsabilidad que supone la democracia.

–Esto sí que es raro –dijo el doctor Saito riéndose–. ¡Ahora resulta que el padre es más liberal que el hijo! Es posible que Taro tenga razón. Ahora mismo nuestro país es como un niño que está aprendiendo a andar y a correr. Pero insisto en que lo que hay detrás es positivo. Un niño que está creciendo corre, se cae, pero no por ello vamos a encerrarlo, tenemos que dejarle hacer. ¿No es así, señor Ono? ¿O estoy siendo demasiado liberal, como dicen mi hijo y mi esposa?

Quizá fuera también idea mía –como he dicho, aquella noche estaba bebiendo más de lo que me había propuesto–, pero una vez más volvió a sorprenderme la falta de agresividad con que los Saito expresaban sus divergencias. Por otra parte, advertí que el joven Mitsuo me estaba observando de nuevo.

–En fin –dije–. Espero que no haya más heridos.

En ese momento, Taro Saito cambió de tema. Quiso saber la opinión de Noriko sobre uno de los grandes almacenes que acababan de abrir en la ciudad. Durante un rato, hablamos de cosas intrascendentes.

Es evidente que estas situaciones no son fáciles para una joven que está a punto de casarse. Es injusto pedirle opiniones que son de extrema importancia para su felicidad futura en medio de una tensión semejante; sin embargo, reconozco que no esperaba que Noriko sobrellevase tan mal la prueba. Con el paso de las horas, iba perdiendo seguridad. Decía «sí» o «no» y poco más. Por lo que pude apreciar, Taro Saito hacía lo posible por calmar a Noriko, pero en tales circunstancias no podía tampoco mostrarse demasiado insistente. Todos sus intentos de empezar una conversación más alegre, acababan en un silencio muy desagradable. Yo estaba sorprendido por la diferencia entre la sensación de angustia que veía en mi hija y el *miai* del año anterior. En aquella ocasión, como Setsuko había venido a casa, estuvo presente para apoyar a su hermana y, sin embargo, Noriko no pareció necesitar ayuda alguna. Al contrario, recuerdo que me molestó la malicia con que Noriko y Jiro Miyake se miraban, como burlándose del ceremonial.

–Señor Ono –dijo el doctor Saito–, recordará usted que la última vez que nos encontramos descubrimos que teníamos un conocido común, un tal señor Kuroda.

Ya estábamos terminando de comer.

–Sí, es verdad –dije.

–Mi hijo –el doctor Saito señaló al joven Mitsuo, con el que apenas había intercambiado palabra– está haciendo sus estudios en la Facultad de Uemachi, donde, como usted sabe, está dando clases el señor Kuroda.

–¿Ah, sí? –Me volví hacia el joven–. ¿Entonces conoce usted al señor Kuroda?

–Bueno, no mucho –dijo el joven–. Lamentablemente, el arte no es mi fuerte, y con los profesores de ese departamento no tengo mucho contacto.

–Sin embargo, el señor Kuroda tiene muy buena fama, ¿no, Mitsuo? –intervino el doctor Saito.

–Sí, es cierto.

–¿Sabías que el señor Ono fue muy buen amigo del señor Kuroda?

–Sí, eso he oído.

En ese momento, Taro Saito volvió a cambiar de tema.

–¿Sabe, señorita Noriko? Tengo una teoría de por qué carezco de oído para la música. Cuando era pequeño, mis padres nunca afinaban el piano. Y un día tras otro, en una época tan decisiva para mi educación, tenía que oír a mi madre practicar con el piano desafinado. De ahí procede mi problema, ¿no cree usted?

–Sí –dijo Noriko volviendo a bajar la mirada.

–Por eso siempre he dicho que la culpa es de mi madre. ¡Y pensar que todos estos años ha estado reprochándome el mal oído que tengo! ¿No cree usted que he sido tratado injustamente?

Noriko sonrió pero no dijo nada.

El señor Kyo, que hasta ese momento había permanecido en silencio, empezó a contar una de sus graciosas anécdotas. A mitad de su relato, según la opinión de Noriko, lo interrumpí dirigiéndome al joven Mitsuo Saito:

–Estoy seguro de que el señor Kuroda le habrá hablado de mí.

Mitsuo me miró perplejo.

–¿De usted? –dijo titubeante–. Estoy seguro de que lo mencionará a menudo, pero como en realidad no lo trato mucho...

Se quedó callado y miró a sus padres en busca de ayuda.

–No hay duda –dijo el doctor Saito con énfasis–. El señor Kuroda tendrá muy buen recuerdo de usted.

–No creo que el señor Kuroda tenga buena opinión de mí –dije mirando de nuevo a Mitsuo.

El joven se volvió otra vez bruscamente hacia su padre, pero fue la señora Saito la que habló:

–Al contrario. Estoy segura de que debe tener una gran opinión de usted.

–Señora Saito –dije en un tono quizá demasiado alto–, hay quienes piensan que mi carrera ha tenido una influencia nefasta. Una influencia que hoy en día más vale borrar y olvidar. Soy consciente de que es una opinión bastante generalizada, compartida también por el señor Kuroda.

–¿En serio?

Si no me equivoco, el doctor Saito me miraba como un profesor mira a un alumno esperando a que diga la lección.

–En serio. Pero, en lo que a mí respecta, estoy dispuesto a aceptar la validez de tal juicio.

–Es usted injusto consigo mismo... –empezó a decir Taro Saito, pero proseguí:

–Hay quienes dicen que personas como yo son las responsables de los horrores que hubo de padecer esta nación. Yo, personalmente, reconozco que cometí muchos errores. Admito que hice muchas cosas que, a la larga, resultaron perjudiciales para nuestro país, y que tuve un papel importante en lo que finalmente supuso un infierno inenarrable para nuestro pueblo. Lo reconozco y, como pueden ver, lo reconozco sin ningún tipo de reservas.

El doctor Saito se echó hacia adelante, con aire perplejo:

–Discúlpeme, señor Ono –dijo–. ¿Está usted diciendo que no se siente satisfecho de su obra? ¿De sus cuadros?

–Ni de mis cuadros ni de mis enseñanzas. Ya ve, doctor Saito. No me cuesta reconocerlo. Sólo puedo decir que por aquel entonces actué de buena fe. Realmente creía estar ayudando a mis compatriotas. Pero ahora, como ve, reconozco sin ninguna reserva que estaba equivocado.

–Es usted demasiado cruel consigo mismo, señor Ono –dijo Taro Saito en un tono muy jovial y, volviéndose a Noriko, añadió–: Dígame, señorita Noriko, ¿su padre es siempre tan estricto?

Noriko había estado mirándome asombrada. Quizá por este motivo, Taro la cogió desprevenida y, por primera vez, dejó escapar por sus labios su acostumbrado sentido del humor.

–Mi padre no es nada severo. Soy yo la que debo ser severa con él, de lo contrario nunca se levantaría a desayunar.

–¿De veras? –dijo Taro Saito, encantado de haberle podido sacar a Noriko una respuesta poco formal–. A mi padre también le gusta levantarse tarde. Dicen que la gente mayor duerme menos que los jóvenes, pero, según nuestra experiencia, más bien parece lo contrario.

Noriko se rió y dijo:

–Pero eso sólo les pasa a los hombres. Estoy segura de que la señora Saito no tiene ningún problema para levantarse temprano.

–Muy bonito –replicó el doctor Saito–, aún no hemos salido de la habitación y ya os estáis riendo de nosotros.

No pretendo afirmar que hasta ese momento todo hubiese estado pendiente de un hilo, pero sí tengo la impresión de que a partir de entonces el *miai* dejó de ser una reunión envarada, y posiblemente desastrosa, para convertirse en una feliz velada. Después de la cena, seguimos bebiendo sake y hablando durante un buen rato. Cuando llegó la hora de llamar a los taxis, el sentimiento general era que todos habíamos congeniado y, es más, a pesar de que Taro Saito y Noriko habían mantenido adecuadamente las distancias, era evidente que se habían gustado.

Esto no quiere decir que algunos momentos de la noche no fueran dolorosos para mí, ni que hubiese hecho las declaraciones que hice sobre mi pasado si las circunstancias no me hubiesen obligado a hacerlas. Dicho esto, debo decir que me cuesta comprender cómo un hombre que se respeta a sí mismo puede evitar durante mucho tiempo la responsabilidad de las acciones cometidas. Aunque no sea fácil, reconciliarse con los errores que hayamos podido cometer a lo largo de nuestra vida siempre produce satisfacción y orgullo. Mucho más si se trata de errores que cometimos de buena fe. Lo que de verdad es vergonzoso es no poder o no querer reconocerlos.

Piensen en Shintaro, por ejemplo, que, por lo que parece, ha conseguido el puesto de profesor que tanto codiciaba. A mi juicio, Shintaro sería un hombre mucho más feliz si tuviese el valor y la honradez de enfrentarse con su pasado. No hay que excluir la posibilidad de que la frialdad con que lo traté aquella tarde, justo después de Año Nuevo, le indujera a cambiar de táctica ante el comité y el asunto de los carteles sobre la crisis de China. Sin embargo, me inclino a pensar que Shintaro continuó actuando hipócritamente para conseguir su objetivo. En realidad, en la personalidad de Shintaro siempre ha habido una faceta de astucia y doble intención de la que sólo últimamente he sido consciente.

–¿Sabe, Obasan? –le dije hace poco a la señora Kawakami–, sospecho que Shintaro nunca ha sido la persona ingenua por la que se hacía pasar, más bien creo que es su forma de explotar a la gente para conseguir lo que busca. Shintaro es de esas personas que, cuando no quieren algo, fingen estar tan perdidos que uno acaba por disculparlos.

–Vamos, Sensei.

La señora Kawakami me lanzó una mirada de desaprobación, resistiéndose a pensar mal de alguien que había sido durante mucho tiempo su mejor cliente.

–Por ejemplo, Obasan –proseguí–, fíjese con qué habilidad se libró de ir al frente. Mientras otros lo perdían todo, Shintaro siguió trabajando en su estudio como si nada.

–Pero Sensei, Shintaro es cojo.

–Cojo o no, el caso es que llamaron a todo el mundo. Naturalmente, acabó alistándose pero cuando la guerra ya casi había terminado. ¿Sabe, Obasan?, Shintaro me dijo en una ocasión que por culpa de la guerra había desperdiciado dos semanas de trabajo. Eso es lo que le supuso a él la guerra. Créame, Obasan, debajo de ese disfraz de niño se esconden muchas cosas.

–Bueno, de todas formas –dijo cansada–, ya no creo que vuelva por aquí.

–Sí, Obasan, pero creo que no pierde usted nada.

La señora Kawakami, con un cigarrillo entre los dedos, se apoyó en el borde de la barra, con la mirada perdida en la sala. Como de costumbre, estábamos solos. Con los últimos rayos de sol que entraban por la mosquitera, el local había adquirido un aspecto más descuidado y vetusto del que tenía cuando, ya oscuro, la señora Kawakami encendía las lámparas. Fuera, los obreros seguían trabajando. Ya hacía una hora que de algún sitio llegaban los ecos del martilleo, y cada vez que arrancaba un camión o retumbaba una perforadora, temblaba todo el local. Y aquella noche de verano, mientras también yo dejaba vagar mi mirada por el salón, comprendí que en medio de los grandes bloques de hormigón que se estaban levantando a nuestro alrededor, el bar parecía tan pequeño, pobre y fuera de lugar, que le dije a la señora Kawakami.

–¿Sabe, Obasan? Debería ir pensando seriamente en la oferta que le han hecho y trasladarse a otra parte. Ahora es el mejor momento.

–Pero es que llevo aquí tanto tiempo...

–Podría abrir un local nuevo, en un barrio como Kitabashi, o incluso como Honcho. Ya sabe usted que cada vez que pasara por ahí, me tendría usted dentro.

La señora Kawakami se quedó callada, como si entre el ruido que hacían los obreros distinguiera algún sonido. Acto seguido, se le iluminó la cara con una sonrisa y dijo:

–¡Antes era un barrio magnífico! ¿Se acuerda?

Le devolví la sonrisa pero no respondí. El barrio había sido magnífico, sí. Todos habíamos disfrutado mucho y la alegría y el buen humor que impregnaban nuestras discusiones siempre habían sido sinceros. Pero quizá aquella alegría no fuera tan positiva y, como otras muchas cosas ahora, tal vez sea mejor que todo aquel mundillo haya desaparecido para no volver. Aquella noche estuve a punto de decirle estas mismas palabras a la señora Kawakami; sin embargo, decidí que habría sido una falta de tacto. Naturalmente, su antiguo barrio significaba mucho para ella. La verdad es que le había dedicado todas sus fuerzas y toda su vida; por lo tanto, es fácil comprender que se negase a aceptar que aquello formaba ya, y para siempre, parte del pasado.

Noviembre, 1949

Todavía conservo una viva imagen de la primera vez que vi al doctor Saito, por lo tanto confío plenamente en la precisión del recuerdo. Fue al día siguiente de instalarme en esta casa, hará dieciséis años. Era un día radiante de verano. Yo me encontraba fuera reparando la verja o arreglando algo en la entrada, no sé, y, cuando pasaba algún vecino, lo saludaba. Pero en un momento dado, tras haber estado un rato de espaldas al camino, me di cuenta de que había alguien detrás de mí, observando lo que hacía. Al volverme, vi que era un hombre más o menos de mi edad que miraba muy interesado el nombre que yo acababa de escribir encima de la puerta.

–Conque es usted el señor Ono –dijo–. Esto sí que es un honor. Es un verdadero honor tener en el vecindario a alguien de su categoría. También yo pertenezco al mundo del arte. Me llamo Saito, de la Universidad Imperial.

–¿El doctor Saito? ¡Qué privilegio! He oído hablar mucho de usted, señor Saito.

Creo que seguimos conversando en la puerta durante un buen rato. En cualquier caso, recuerdo perfectamente que, aquel día, el doctor Saito hizo varias alusiones a mi obra y a mi carrera y, antes de proseguir su camino colina abajo, repitió:

«Es un honor tener en el barrio a alguien de su categoría», o algo parecido.

Después de aquel encuentro, el doctor Saito y yo nos saludábamos siempre muy respetuosamente cada vez que nos topábamos, aunque es verdad que hasta hoy, cuando los acontecimientos nos han acercado, raras veces nos parábamos a hablar largo y tendido. Ahora la claridad con que recuerdo aquel encuentro, y el hecho de que reconociera mi nombre en la puerta, son razones suficientes para convencerme de que Setsuko, mi hija mayor, se equivocaba durante su visita del mes pasado. Según ella, el doctor Saito ignoraba quién era yo hasta el año pasado, y sólo lo supo al iniciarse las negociaciones para el matrimonio.

El paseo que aquella mañana dimos juntos por el parque de Kawabe fue el único momento en que pude hablar con Setsuko. Su visita había sido muy breve. Además quiso quedarse en el apartamento que Noriko y Taro habían tomado en el barrio de Izumachi. No es sorprendente, por lo tanto, que repetidas veces haya pensado en nuestra conversación y algunas cosas que me dijo aquel día me irriten cada vez más.

No obstante, por aquel entonces, apenas me afectaron sus palabras. Recuerdo que me sentía muy alegre y feliz de estar de nuevo en compañía de mi hija, disfrutando de un paseo por el parque de Kawabe, donde no había estado desde hacía tiempo. De todo esto hará un mes. Como ustedes recordarán, hubo algunos días de sol, aunque ya empezaban a caer las hojas. Setsuko y yo bajábamos por la ancha avenida de árboles que transcurre por en medio del parque y, como aún nos quedaba mucho tiempo hasta la hora en que debíamos encontrarnos con Noriko e Ichiro bajo la estatua del emperador Taisho, caminamos tranquilamente contemplando el paisaje otoñal.

Convendrán ustedes conmigo en que el parque de Kawabe es el más agradable de la ciudad. Es verdad que después de haber cruzado todas las callejuelas abarrotadas de gente del barrio de Kawabe, produce un gran alivio encontrarse de pronto en una de esas anchas y largas avenidas cubiertas de árboles. Aunque si no conocen ustedes la ciudad ni la historia de este parque, lo mejor es que les explique por qué siempre he tenido tanto interés por el lugar.

Al bajar por las avenidas se ven entre los árboles manchas de hierba aisladas, no mucho mayores que patios de escuela, distribuidas indistintamente por el parque, como si los que lo proyectaron se hubiesen aturullado y lo hubiesen dejado todo sin terminar. En realidad, eso era más o menos lo que había ocurrido. Hace unos años, Akira Sugimura, cuya casa compré poco después de su muerte, tenía planes muy ambiciosos para el parque de Kawabe. Sé que hoy suena poco el nombre de Akira Sugimura, pero déjenme decirles que no hace tanto tiempo ese hombre era, sin lugar a dudas, uno de los más influyentes de la ciudad. Según he oído, llegó a tener cuatro casas y era casi imposible pasear por la ciudad sin dar con una tienda que no le perteneciera o al menos existiera gracias a él. Y en 1920 o 1921, en la cima de su éxito, decidió apostar gran parte de su fortuna en un proyecto que le permitiera dejar su impronta en la ciudad y en su gente. Pensó entonces convertir el parque de Kawabe (que por aquella época era un sitio lóbrego y abandonado) en el núcleo cultural de la ciudad. Su proyecto consistía no sólo en darle más terreno para que pudiese albergar nuevas zonas de descanso a disposición de la gente, sino en convertirlo también en el foco de varios centros culturales prestigiosos: un museo de ciencias naturales; un nuevo teatro de kabuki para la escuela de Takahashi, que acababa de perder sus locales en la calle de Shirahama a causa de un incendio; una sala de conciertos al estilo europeo, y, como idea algo excéntrica, un cementerio para los gatos y los perros de la ciudad. No recuerdo muy bien si había otros planes, pero de cualquier modo queda claro lo ambicioso del proyecto. Al darle más vitalidad al lado norte del río, Sugimura esperaba transformar el barrio de Kawabe, así como toda la vida cultural de la ciudad. Como ya he dicho, su proyecto no representaba más que los intentos de un hombre por grabar sus señas en el carácter de la ciudad.

Parecía que todo iba bien cuando de pronto surgieron dificultades económicas muy graves. No conozco los detalles, pero el caso es que los «centros culturales» no llegaron a construirse. El propio Sugimura perdió una importante suma de dinero y no volvió a recuperar su antigua reputación. Después de la guerra, el parque de Kawabe cayó en manos de las autoridades de la ciudad, que trazaron las avenidas cubiertas de árboles. Actualmente, del proyecto de Sugimura sólo quedan las manchas de hierba, donde extrañamente no se ve nada y sobre las que deberían erguirse los museos y teatros para los que fueron diseñadas.

Quizá ya les haya dicho que mi trato con la familia de Sugimura, después de comprarles la última casa donde él vivió, no fue precisamente el que mejor recuerdo pudo dejarme de ese hombre. No obstante, cada vez que paseo por el parque de Kawabe, pienso en Sugimura y en su proyecto, y debo confesar que empiezo a admirarle: un hombre que aspira a destacarse sobre todos los demás, a dejar a un lado la mediocridad y llegar a ser alguien, merece que se lo admire aunque al final fracase y su ambición lo deje en la ruina. Y no creo que Sugimura muriera desgraciado. Su fracaso fue muy diferente de los deshonrosos fracasos de la mayoría de la gente, y un hombre como él tenía que saberlo. Después de todo, es un consuelo y una gran satisfacción mirar hacia atrás y ver que sólo hemos fracasado en algo que otras personas no han pensado ni intentado llevar a cabo.

En fin, no pretendía explayarme sobre mi relación con Sugimura. Como iba diciendo, aquel día disfruté de mi paseo por el parque de Kawabe acompañado de Setsuko, a pesar de algunas de sus observaciones que no llegué a captar del todo hasta que, pasado un tiempo, volví a meditarlas. En cualquier caso, nuestra conversación terminó cuando, a mitad del camino y a poca distancia frente a nosotros, apareció de pronto la estatua del emperador Taisho, nuestro punto de encuentro con Noriko e Ichiro, según habíamos acordado.

Eché un vistazo a los bancos que rodeaban la estatua y de pronto oí la voz de un niño que gritaba:

–¡Eh, Oji!

Ichiro corrió hacia mí con los brazos abiertos dispuesto a abrazarme pero, una vez frente a mí, se contuvo y, adoptando una expresión solemne, me alargó la mano para que se la estrechara.

–Buenos días –dijo profundamente serio.

–Ichiro, veo que te estás haciendo un hombre. ¿Qué edad tienes ahora?

–Ocho años, creo. Venga conmigo. Tengo que hablarle de algo.

Su madre y yo lo seguimos hasta el banco donde nos esperaba Noriko. La menor de mis hijas llevaba un vestido precioso que nunca le había visto.

–Estás radiante, Noriko –le dije–. Por lo que veo, en cuanto una hija deja a su familia, cambia totalmente de aspecto.

–Que una mujer se case no quiere decir que tenga que dejar de vestirse con elegancia –replicó Noriko, visiblemente halagada.

Si recuerdo bien, estuvimos un rato sentados bajo la estatua del emperador Taisho conversando. El motivo de darnos cita en el parque había sido que mis dos hijas querían comprar unas telas, de modo que habíamos convenido en que yo me llevaría a Ichiro a comer a unos grandes almacenes y, durante la tarde, le enseñaría el centro de la ciudad. Ichiro estaba impaciente por marcharse y mientras hablábamos no cesó de tirarme de la manga y decirme:

–Oji, déjelas que hablen. Nosotros tenemos otras cosas que hacer.

Llegamos a los grandes almacenes un poco más tarde de la hora habitual para comer. El restaurante no estaba, por lo tanto, muy concurrido. Ichiro se pasó bastante tiempo frente a las vitrinas sin decidirse por ningún plato y sólo al cabo de un rato se volvió y me dijo:

–Oji, ¿sabe qué es lo que me gusta comer ahora?

–No sé, Ichiro. ¿Pasteles? ¿Helados?

–¡Espinacas! ¡Dan mucha fuerza! –Sacó pecho y me mostró los bíceps.

–Ya veo. Pues mira, ahí tienes el «Almuerzo Juvenil». Lleva espinacas.

–Pero eso es para niños.

–Será para niños, pero tiene muy buena pinta. Yo voy a pedirlo.

–Entonces yo también. Así comeremos lo mismo, Oji. Pero dígale al camarero que me ponga muchas espinacas.

–Muy bien, Ichiro.

–Oji, siempre que pueda, coma espinacas. Ya verá qué fuerte se pone.

Ichiro tomó asiento en una de las mesas junto a los ventanales y, mientras esperábamos la comida, se quedó con la cara pegada al cristal, contemplando el gentío que, cuatro pisos más abajo, recorría las calles. Desde la última vez que Setsuko había venido a casa, hacía un año, no había visto a Ichiro. Por motivos de salud no asistió a la boda, y me sorprendió ver lo mucho que había crecido en ese tiempo. Además de ser más alto, se mostraba también más sereno, menos infantil. Sus ojos, sobre todo, encerraban una mirada más adulta.

La verdad es que, observándolo aquel día con la cara pegada al cristal, me di cuenta del gran parecido que empezaba a tener con su padre. Tenía también rasgos de Setsuko, sobre todo los ademanes y gestos de la cara. Pero lo que más me impresionó fue ver la semejanza de Ichiro con mi propio hijo. Confieso que siento una extraña satisfacción al comprobar que los niños heredan rasgos de otros miembros de la familia aparte de sus padres, y lo que espero es que mi nieto conserve ese parecido cuando sea adulto.

Naturalmente, la infancia no es la única época en la que somos susceptibles a este tipo de herencia, también durante los primeros años de madurez un profesor o un preceptor a quien admiramos profundamente puede dejarnos su huella, y mucho después de que hayamos reconsiderado o incluso rechazado el cúmulo de enseñanzas recibidas de esa persona hay rasgos que logran sobrevivir. Es como una sombra que nos acompaña durante toda nuestra vida. Soy consciente, por ejemplo, de que algunos de mis ademanes –como el modo de tender la mano cuando explico algo–, ciertas inflexiones de mi voz cuando intento mostrarme irónico o me impaciento, y hasta frases enteras que suelo emplear con agrado y que la gente cree que son mías, proceden de Mori-san, mi antiguo profesor. Y no creo ser vanidoso si digo que muchos de mis alumnos heredarán a su vez mis gestos. En cualquier caso, espero que cualquiera que sea la apreciación que hayan podido hacer de los años que han pasado bajo mi tutela, la gran mayoría se sienta agradecida a mis enseñanzas. Por mi parte, al margen de los evidentes defectos de mi antiguo profesor Senji Moriyama –o «Mori-san», como solíamos llamarle–, y al margen de lo ocurrido al final entre nosotros, siempre reconoceré que los siete años que estuve viviendo en su casa de campo entre las colinas del distrito de Wakaba constituyeron una época crucial en mi carrera.

Cuando ahora intento evocar la casa de Mori-san, siempre me viene a la mente una perspectiva especialmente grata de ella: la que se ve desde lo alto del sendero que lleva al pueblo más cercano. Al subir, había un momento en que se veía la casa al fondo de una hondonada, un rectángulo de madera oscura situado entre cedros muy altos. Si tenía esta forma, es porque las tres partes de la casa se unían formando tres lados del rectángulo que rodeaban el patio central. El cuarto lado era la entrada y una valla de cedro. De este modo, el patio quedaba totalmente cerrado. Ya imaginarán ustedes que para los malhechores no debía ser fácil entrar en la casa, una vez que el portalón se cerraba.

En nuestros días, sin embargo, a un intruso le sería mucho más fácil, dado que la casa se encuentra en estado ruinoso aunque desde lo alto del sendero resulte imposible verlo. Tampoco es posible adivinar que el interior no alberga más que una serie de habitaciones con el papel hecho jirones y unos tatamis tan desgastados que, si no se pisa con cuidado, es muy fácil agujerearlos. Cuando trato de recordar el aspecto de la casa vista de cerca, lo primero que me viene a la mente es la imagen del techo con las tejas rotas, las celosías a punto de desmoronarse, las balaustradas podridas y desportilladas, y el techo de donde continuamente caían goteras. Aunque sólo lloviera una noche, el olor a madera húmeda y a hojas descompuestas impregnaba las habitaciones. Y había épocas en que era tal la plaga de insectos y polillas que se pegaban a las molduras y horadaban las hendeduras, que temíamos que por su culpa la casa se viniera abajo de una vez por todas.

Por su estado, sólo una o dos habitaciones podían testimoniar el esplendor que en otros tiempos tuvo la casa. Una de ellas, muy luminosa durante todo el día, estaba reservada para las grandes ocasiones. Recuerdo que era justamente en esa habitación donde Mori-san reunía a sus alumnos (éramos diez) cuando terminaba un cuadro. Antes de entrar, nos deteníamos en el umbral, contemplando boquiabiertos la obra expuesta en medio de la habitación. Mientras tanto, Mori-san se entretenía y fingía no darse cuenta de que habíamos llegado. Al poco rato nos sentábamos todos en el suelo rodeando el cuadro y comentando con el de al lado en voz baja: «¡Mira cómo ha rellenado ese hueco de la esquina. Qué habilidad!» Pero a ninguno se nos habría ocurrido decir: «Sensei, ¡es un cuadro magnífico!», ya que estaba acordado tácitamente entre nosotros comportarnos en esas ocasiones como si nuestro profesor no estuviera presente.

A menudo, el cuadro presentaba alguna sorprendente innovación que suscitaba entre nosotros un apasionado debate. Una vez, por ejemplo, al entrar en la habitación, descubrimos la imagen de una mujer arrodillada vista desde abajo, desde tan abajo que parecía que la veíamos desde el suelo.

–Por supuesto –recuerdo que dijo uno de nosotros–, esta perspectiva tan baja le confiere a la mujer una dignidad que no tendría de otro modo. Es un efecto sorprendente. Por lo demás, no es más que una mujer que se autocompadece, y es esa tensión lo que le da al cuadro esa fuerza tan sutil.

–Es posible –apuntó otro– que se note cierta dignidad en la mujer, pero no creo que sea debido a la perspectiva. Está claro que Sensei nos quiere decir algo más preciso. Nos dice que si la perspectiva nos parece baja, es sólo porque estamos acostumbrados a que el ojo mire a una altura determinada. Lo que Sensei pretende es liberarnos de unas costumbres tan arbitrarias como restrictivas. Con ello nos está diciendo: «No lo veáis todo desde el punto de vista tan convencional.» Por eso es un cuadro tan sugestivo.

Como todos queríamos dar nuestra opinión a la vez, el tono de la conversación subía enseguida. Y aunque continuamente lo mirábamos de reojo, nuestro profesor no nos dejaba ver cuál de nuestras teorías le parecía acertada. Sólo recuerdo que se quedaba inmóvil en el otro extremo de la sala, con los brazos cruzados y mirando al patio por entre las varillas de madera de la ventana, con una divertida expresión en la cara. Y después de dejarnos discutir durante un rato, se volvía y decía: «Os rogaría que ahora me dejaseis solo. Tengo algunas cosas que hacer.» Y salíamos uno tras otro, sin dejar de expresar nuestra admiración por el nuevo cuadro, pero en voz baja.

Soy consciente de que, al contarles esto, la conducta de Mori-san puede parecerles en cierto modo arrogante. Pero, para comprender mejor su actitud distante, quizá sea preciso haber sido uno mismo constante objeto de respeto y admiración. No hay nada menos apetecible que tener que estar continuamente diciéndoles a los alumnos lo que uno sabe o lo que uno piensa. Hay muchas situaciones en las que es preferible quedarse callado para que puedan discutir y reflexionar por su cuenta. Como acabo de decir, es algo que sólo apreciará quien haya ocupado una posición que le permita ejercer influencia en los demás.

El caso es que, de todas formas, las discusiones sobre la obra de nuestro maestro podían prolongarse durante semanas y semanas. Dado que Mori-san no nos daba nunca ninguna explicación, solíamos dirigirnos a un compañero, un artista llamado Sasaki, que en aquella época gozaba del privilegio de ser el mejor discípulo de Mori-san. Aunque haya dicho que algunas discusiones se prolongaban indefinidamente, cuando Sasaki emitía su opinión final, se daba por terminada la disputa. Y si Sasaki sugería que alguna pintura no era por cualquier motivo «fiel» a nuestro profesor, el infractor debía renunciar a su obra o, en algunos casos, quemarla.

Recuerdo que en muchas ocasiones, durante los meses que siguieron a nuestra llegada a la casa, el Tortuga tuvo que destruir su obra de ese modo. Yo había conseguido integrarme sin problemas, pero mi compañero no cesaba de crear obras que claramente se oponían en algunos aspectos a los principios de nuestro profesor, y recuerdo haber salido en su defensa muchas veces diciendo que su infidelidad a Mori-san no era intencionada. Durante aquella primera época, el Tortuga se me acercaba a menudo con aire acongojado, me llevaba a ver alguna obra suya, todavía no terminada, y en voz baja me decía: «Ono-san, dígame por favor, ¿es así como lo habría hecho nuestro profesor?»

A veces hasta yo me exasperaba al descubrir que, inconscientemente, el Tortuga había vuelto a introducir algún elemento agresivo, puesto que no era tan difícil llegar a captar las preferencias de Mori-san. Durante aquella época, a nuestro profesor le llamaban «el Utamaro moderno» y, aunque por entonces fuese una etiqueta que se le ponía a cualquier artista que se especializara en retratar a las mujeres de los barrios bajos, era en cualquier caso un buen modo de resumir el estilo de Mori-san. Era cierto que había puesto todo su empeño en «modernizar» la escuela de Utamaro y, en muchas de sus mejores pinturas, *Atando un tambor de baile* por ejemplo, o *Después del baño,* la mujer aparece de espaldas como es clásico en Utamaro. En su obra hay otros rasgos típicos, como la mujer con una toalla en la cara o peinándose la larga cabellera. También recurría con frecuencia al tradicional procedimiento de expresar las emociones a través de las telas que la mujer esté sosteniendo o lleve puestas, más que a través de la expresión del rostro. Al mismo tiempo, su obra tenía numerosas influencias europeas que los más fieles admiradores de Utamaro habrían calificado de iconoclastas. Por ejemplo, desde hacía tiempo había dejado de señalar con un trazo oscuro los contornos de sus figuras, prefiriendo en su lugar, al igual que los occidentales, las manchas de color y los contrastes de luz y sombras para conseguir un efecto tridimensional. Y sin duda su gran pasión, los colores tenues, la había adquirido de los occidentales. La mayor preocupación de Mori-san era sugerir una cierta melancolía y un clima gris alrededor de sus mujeres. Durante los años en que fui su alumno, lo vi experimentar constantemente nuevos colores que diesen la misma sensación que proporciona la luz de un farol, por lo que todos sus cuadros de esa época se distinguen por la presencia, real o imaginaria, de un farol. Y el Tortuga, quizá por su lentitud en captar los rasgos esenciales del arte de Mori-san, incluso después de llevar un año en la casa, seguía utilizando colores que daban un efecto totalmente contrario. Y se extrañaba de que lo acusaran de infidelidad a pesar de haberse esmerado en incluir un farol en su composición.

Aunque yo le defendía, Sasaki y todos los demás perdían cada vez más la paciencia ante la incapacidad del Tortuga y, a veces, el ambiente amenazaba con ponerse igual de tenso que en la época que mi compañero pasó con el maestro Takeda. Más tarde, creo que a lo largo del segundo año en la casa, notamos en Sasaki un cambio repentino, cambio que levantó contra él una animadversión mucho más áspera y ofuscada que la que él había suscitado contra el Tortuga.

Me imagino que todos los grupos de alumnos tienen un cabecilla, alguien a quien el profesor escoge por su capacidad y que sirve de ejemplo a los demás. Y este alumno, por ser el que mejor comprende las ideas de su profesor, tiende, como fue el caso de Sasaki, a convertirse en el principal intérprete de esas ideas frente a los alumnos menos capacitados o con menos experiencia. Sin embargo, también es este mismo alumno el que antes aprecia las deficiencias de su maestro y el que antes adopta opiniones distintas de las suyas. En teoría, un buen profesor aceptará que esto ocurra y hasta se alegrará de que así sea, ya que será señal de que el alumno ha madurado gracias a sus enseñanzas. Sin embargo, en la práctica, pueden surgir sentimientos muy complejos. Y a veces, cuando uno se esfuerza mucho por formar a un buen alumno, no es raro que al ver madurar ese talento nos parezca un acto de traición, lo cual puede dar lugar a situaciones difíciles.

Con toda seguridad, lo que le hicimos a Sasaki después de discutir con nuestro profesor era injustificable, pero no tiene mucho sentido que yo saque aquí el asunto a colación. No obstante, todavía guardo vivos recuerdos de aquella noche en que Sasaki se fue.

Casi todos nos habíamos acostado ya. Yo también estaba echado, en la oscuridad de una de las ruinosas habitaciones, y, como estaba despierto, oí a Sasaki que llamaba en voz baja a alguien que estaba en la terraza. Quienquiera que fuese la persona a quien llamaba, Sasaki no recibió ninguna respuesta. Finalmente se oyó el ruido de una mampara que se cerraba y los pasos de Sasaki acercándose. Se detuvo en otra habitación y le oí decir algo, pero, al parecer, la única respuesta volvió a ser el silencio. Sus pasos se acercaron aún más y le oí abrir la mampara de la habitación contigua a la mía.

–Tú y yo hemos sido amigos durante muchos años –le oí decir–. ¿Es que ni siquiera me vas a hablar?

La persona a quien se había dirigido no dio respuesta alguna. Y entonces preguntó Sasaki:

–¿Ni siquiera vas a decirme dónde están los cuadros?

Tampoco hubo respuesta, pero como estaba echado en medio de la oscuridad, oí unas ratas que salían corriendo bajo los tablones de la habitación contigua y el ruido fue para mí una especie de respuesta.

–Si tanto te escandalizan –prosiguió Sasaki–, no veo el motivo de querer guardarlos. Sin embargo, para mí en estos momentos significan mucho. Tengo intención de llevarlos conmigo a dondequiera que vaya. Es mi único equipaje.

El ruido de las ratas que huían volvió a ser la única respuesta y, acto seguido, se produjo el silencio. Un silencio tan largo que pensé que Sasaki había salido de la habitación y yo no lo había oído. Sin embargo, me llegaron estas palabras:

–Durante los últimos días, todo el mundo me ha tratado muy mal, pero lo que más me ha dolido ha sido que te hayas negado a decirme una sola palabra de consuelo.

Volvió a producirse el silencio, pero enseguida dijo Sasaki:

–¿No vas ni siquiera a mirarme y desearme suerte?

Al final oí cerrarse la mampara. Unos pasos bajaron de la terraza y se alejaron por el patio.

Después de su marcha, en la casa apenas se pronunciaba el nombre de Sasaki, y, si se mencionaba, era para llamarle «traidor» sin más. Cuando recuerdo lo que ocurrió en más de una ocasión, durante las batallas de insultos que organizábamos, veo claramente hasta qué punto pensar en Sasaki nos causaba indignación.

Los días de calor, como las mamparas se abrían de par en par, los que nos reuníamos en una habitación veíamos a cualquiera de los otros grupos congregados en el ala opuesta de la casa. El ambiente daba lugar a que al cabo de un rato alguien lanzase un comentario mordaz, provocando de inmediato al otro grupo y, unos frente a otros, iniciábamos desde las terrazas batallas de insultos. Contado ahora puede parecer absurdo, pero la arquitectura y la acústica de la casa producían un eco al gritar de un ala a otra que, en cierto modo, nos animaba a entretenernos con aquellas competiciones infantiles. La gama de insultos era muy amplia. Ridiculizábamos las proezas viriles de alguno de nosotros o el último cuadro de otro, pero, en general, no teníamos intención de herir a nadie y tanto en un bando como en otro, nos desternillábamos de risa. El recuerdo que guardo de estos divertidos enfrentamientos resume perfectamente la agradable convivencia de la que pudimos disfrutar durante los años pasados en la casa, convivencia marcada por la competitividad y, a la vez, por cierta intimidad casi familiar. Ahora bien, en algunas ocasiones, cuando se pronunciaba el nombre de Sasaki en el transcurso de esos enfrentamientos, la situación se nos iba de las manos y mis colegas saltaban de las terrazas para acabar peleándose en el patio. No tardamos mucho tiempo en aprender que comparar a alguien con el «traidor», aunque fuese en broma, no iba a ser nunca bien aceptado.

De todos estos recuerdos, quizá infieran ustedes que la devoción que sentíamos por nuestro profesor y por sus enseñanzas era absoluta e intensa. Es muy fácil, una vez descubiertos los defectos de las influencias recibidas, adoptar una postura crítica ante un maestro que favorece un ambiente semejante. Sin embargo, cualquiera que haya tenido grandes ambiciones –o la ocasión de lograr algún objetivo importante– y se haya visto impulsado a transmitir sus ideas del mejor modo posible, aprobará el proceder de Mori-san, y aunque ahora, sabiendo cómo acabó su carrera, pueda parecer ridículo, en aquella época el mayor deseo de Mori-san era nada menos que cambiar por completo la idea que de la pintura imperaba en nuestra ciudad. Con ese único objetivo, dedicó gran parte de su tiempo y su fortuna a la formación de sus discípulos, y quizá sea importante tenerlo en cuenta a la hora de juzgar a mi antiguo profesor.

Como es natural, su influencia no se limitaba únicamente al terreno de la pintura; durante todos aquellos años seguimos su mismo estilo de vida y asimilamos sus valores, lo cual suponía pasar mucho tiempo explorando el «mundo flotante» de la ciudad o, lo que es lo mismo, el mundo nocturno del placer, el ocio y la embriaguez que constituía de hecho el fondo de todos nuestros cuadros. Todavía hoy sigo sintiendo cierta nostalgia cuando recuerdo cómo era el centro de la ciudad por aquel entonces. En las calles no predominaba como ahora el ruido del tráfico, y las fábricas aún no habían absorbido el aire de la noche, perfumado con las fragancias de cada estación. Solíamos frecuentar un pequeño salón de té contiguo al canal de la calle Kojima, llamado «Los Faroles de Agua» porque, conforme se iba uno acercando, se veían los faroles reflejados en el agua del canal. La propietaria era una vieja amiga de Mori-san y procuraba siempre que se nos diera el mejor trato. Allí pasamos noches memorables, bebiendo y cantando en compañía de las chicas. También me acuerdo de un salón de tiro con arco, en la calle Nogata, donde la patrona no se cansaba nunca de contarnos que años atrás, en su época de geisha en Akihara, Mori-san la había elegido como modelo para una colección de grabados en madera que había logrado un gran éxito. El salón estaba servido por seis o siete jóvenes entre las cuales cada uno tenía su favorita para fumar en pipa y pasar la noche.

Pero nuestra juerga no se limitaba a estas expediciones a la ciudad. Mori-san tenía una cantidad infinita de conocidos del mundo del espectáculo y constantemente llegaban a la casa farándulas ambulantes en situación precaria, bailarines y músicos que eran recibidos como amigos a quienes no se ve desde hace mucho tiempo. Era entonces cuando sacábamos una botella tras otra, cantábamos y bailábamos con nuestras amistades durante toda la noche y no tardábamos mucho tiempo en mandar a alguien para que despertara al vendedor de vinos del pueblo más próximo. Por aquellos días, una visita frecuente era la de Maki, un narrador de cuentos, hombre rollizo y jovial que tenía el don de hacernos morir de risa o llorar a lágrima viva cuando contaba sus historias. Después de muchos años he vuelto a verlo algunas veces por el Migi-Hidari y hemos evocado las noches que pasamos en la casa. Maki recordaba convencido que muchas de aquellas fiestas se prolongaban hasta el día siguiente para seguir durante una segunda noche. Yo esto no podría asegurarlo tan firmemente, pero sí debo reconocer que por la mañana la casa de Mori-san aparecía sembrada de cuerpos dormidos o exhaustos, algunos de los cuales se habían desplomado en el patio bajo el ardiente sol.

Una de esas noches, sin embargo, se me quedó bien grabada. Recuerdo que paseaba por el patio, aliviado de respirar el aire fresco de la noche y de escapar, aunque fuera un momento, del bullicio de la fiesta. Me dirigí hacia la entrada del cuarto trastero y, antes de entrar, me volví a mirar hacia la habitación al otro lado del patio, donde se divertían mis compañeros y nuestros invitados. Las siluetas de sus cuerpos bailaban al otro lado de las mamparas de papel y, transportada por el aire de la noche, llegaba a mis oídos la voz de un cantante.

Me había dirigido al cuarto trastero porque era uno de los pocos sitios de la casa donde se podía estar tranquilo durante un buen rato. Me imagino que antes, cuando la casa albergaba vigilantes y criados, el cuarto serviría para guardar armas y armaduras. Pero aquella noche, al entrar y encender el farol que colgaba encima de la puerta, encontré el suelo cubierto de todo tipo de objetos y me resultó imposible atravesarlo sin ir dando saltos a cada momento. Por todas partes se apilaban viejos lienzos atados con cuerdas, caballetes rotos, toda clase de botes y vasijas de las que sobresalían palos y pinceles. Me las arreglé para llegar a un claro en el suelo. Me senté y me di cuenta de que los objetos que me rodeaban proyectaban unas sombras exageradas a la luz del farol. El efecto era siniestro, como si me encontrara en un grotesco cementerio en miniatura.

Debí de quedarme absorto en mis tristes pensamientos, ya que, según recuerdo, me sobresalté al oír el ruido de la puerta que se abría. Levanté la vista y me encontré con Mori-san, de pie, en el umbral del trastero. Le dije precipitadamente:

–Buenas noches, Sensei.

Es posible que el farol de encima de la puerta no iluminara suficientemente el lado de la habitación donde yo me encontraba, o quizá mi cara permaneciera en sombras, pero el caso es que Mori-san entornó los ojos y preguntó:

–¿Quién es? ¿Ono?

–Sí, Sensei.

Siguió con los ojos entornados hasta que, al cabo de un rato, descolgó el farol de la viga y, manteniéndolo frente a su cara, avanzó hacia mí, abriéndose paso entre los objetos que había por el suelo. Como llevaba el farol en la mano, las sombras de los objetos oscilaban a nuestro alrededor. Le hice un hueco apresuradamente, pero Mori-san ya se había sentado en un viejo baúl de madera que había algo más lejos. Suspiró y dijo:

–He salido a respirar un poco de aire fresco y he visto que la luz estaba encendida. Reinaba la oscuridad, la única luz era ésta. Me he dicho que sería muy extraño que unos amantes se escondiesen en un trastero, lo más posible es que sea alguien que se siente solo.

–Debo de haber estado soñando, Sensei. No había venido con intención de pasar mucho tiempo.

Sensei había dejado el farol a su lado, de modo que sólo alcanzaba a ver su silueta.

–Creo que le has gustado mucho a una de las bailarinas –dijo–. Va a sentirse muy decepcionada si ve que ahora que ya es de noche te has esfumado.

–No he querido mostrarme descortés con nuestros invitados, Sensei. Es sólo que, como usted, he salido a respirar un poco de aire fresco.

Durante unos instantes nos quedamos callados. A nuestros oídos llegaban desde el otro lado del patio las canciones y las palmadas de nuestros compañeros.

–Y bien, Ono –dijo Mori-san finalmente–, ¿qué piensas ahora de mi amigo Gisaburo? Todo un personaje, ¿no?

–Sí, Sensei. Parece un hombre muy agradable.

–Ahora parece un pordiosero, pero ha sido una celebridad y, como hemos visto esta noche, aún conserva el talento.

–Es cierto.

–Dime, Ono, ¿qué es lo que te preocupa?

–¿Qué me preocupa? Nada, Sensei.

–¿Hay algo de Gisaburo que te desagrada?

–¡Oh, no, Sensei! –Me reí un poco molesto–. En absoluto. Me parece un hombre muy amable.

Después estuvimos hablando de otras cosas, de todo lo que se nos ocurría. Pero al ver que Mori-san volvía al tema de mis «preocupaciones», vi claramente que no estaba dispuesto a moverse de allí hasta que me desahogara. Al final le dije:

–Gisaburo-san parecer ser un hombre realmente bueno. Sus bailarinas y él mismo han sido muy amables al venir a divertirnos, pero Sensei, hemos recibido tantas visitas así estos últimos meses...

Mori-san no contestó y yo proseguí:

–Discúlpeme, Sensei, no quisiera parecer irrespetuoso ante Gisaburo-san y su gente, pero a veces me pregunto si es necesario que los artistas dediquemos tanto tiempo a divertirnos con gente como Gisaburo-san.

Creo que en ese momento mi maestro se puso en pie y, con el farol en la mano, atravesó la habitación en dirección al fondo del trastero. La pared había permanecido a oscuras, pero al levantar el farol, aparecieron de pronto tres grabados colgados uno debajo del otro. Los tres representaban la misma escena, una geisha arreglándose el pelo, vista de espaldas, sentada en el suelo. Mori-san examinó las imágenes durante un rato, iluminándolas con el farol una tras otra. Acto seguido meneó la cabeza y murmuró para sí mismo:

–Son muy malos, muy malos. Qué banalidad.

Unos segundos después añadió, sin apartarse de los grabados:

–Pero en fin, siempre se siente un gran cariño por las primeras obras. Quizá algún día sientas lo mismo por el trabajo que has hecho aquí.

Después volvió a menear la cabeza y repitió:

–Pero son muy malos, Ono, muy malos.

–No estoy de acuerdo, Sensei –dije yo–. Creo que estas imágenes son un buen ejemplo de cómo el talento de un artista puede superar las limitaciones que impone un estilo concreto. Siempre he considerado que era una verdadera lástima que los trabajos de Sensei quedasen relegados a un cuarto como éste. Creo que deberían aparecer expuestos junto a sus pinturas.

Mori-san se quedó ensimismado mirando sus imágenes.

–Son muy malas –volvió a decir–. Supongo que aún era muy joven.

Volvió a mover el farol, una imagen se perdió en las sombras y apareció otra. Después dijo:

–Todas estas imágenes son escenas de una casa de geishas que hay en Honcho. Muy bien considerada, cuando yo era joven. Gisaburo y yo solíamos ir juntos a esos sitios. –Al cabo de un rato volvió a decir–: Son muy malas, Ono.

–Pero Sensei, créame. Ni el ojo más exigente encontraría defecto alguno en estos grabados.

Siguió examinando las imágenes durante otro rato y se dispuso a volver a cruzar el cuarto. A mi juicio, pasó un buen tiempo intentando abrirse camino entre los objetos desparramados por el suelo. Varias veces lo oí hablar entre dientes, empujando con el pie alguna caja o alguna vasija. Pensé que buscaba algo determinado, otros grabados de su primera época, por ejemplo, perdidos en todo aquel caos, pero acabó por sentarse otra vez en el viejo baúl de madera y dio un suspiro. Después de estar un rato en silencio dijo:

–Gisaburo es un hombre desdichado. Su vida ha sido muy triste. Ya no queda nada de su talento. Aquellos a los que amó en una época han muerto o lo han abandonado. Ya en nuestra juventud era un personaje triste y solitario. –Mori-san se quedó unos instantes callado. Después prosiguió–: Pero a veces bebíamos y nos divertíamos con las mujeres del barrio del placer. En esos momentos, Gisaburo se sentía feliz. Las mujeres le decían todo lo que él quería oír y, aunque fuese por una noche, llegaba a creerlas. En cuanto se hacía de día, claro, era demasiado inteligente para seguir engañándose. Lo mejor en la vida, me decía siempre, se vive una noche y desaparece con el día. Ono, eso que la gente llama el mundo flotante, es un mundo que Gisaburo sabía apreciar muy bien.

Mori-san volvió a hacer una pausa. Igual que antes, sólo alcanzaba a ver su silueta, pero tuve la sensación de que se había quedado escuchando el bullicio que venía del otro lado del patio. Luego dijo:

–Ahora es más viejo y también está más triste, pero en algunas cosas apenas ha cambiado. Esta noche se siente dichoso, como cuando iba a los prostíbulos. –Aspiró profundamente como si estuviera fumando. Después siguió–: La belleza más delicada y pura que un artista espera poder atrapar vaga siempre por esos sitios cuando ha caído la noche. Y Ono, en noches como éstas, parte de esa belleza se filtra hasta nuestra propia casa. Pero, en cuanto a estos grabados, no ofrecen la menor huella de esa dimensión ilusoria y transitoria. Son muy malos, Ono.

–Pero Sensei, lo que me sugieren estas imágenes es precisamente esa dimensión.

–Era muy joven cuando hice estos grabados. Creo que todavía era incapaz de rendir homenaje al mundo flotante por el simple motivo de que no llegaba a convencerme yo mismo de su valor. A los ojos de muchos jóvenes, el placer aparece a menudo como un pecado, y creo que ése era mi caso. Sin duda opinaba que pasar el tiempo en esos sitios, consagrar el propio talento o elogiar algo tan fugaz e intangible, no era más que una pérdida de tiempo, un pasatiempo decadente. No es fácil apreciar la belleza de un mundo cuando se duda de su valor.

Me quedé pensativo un rato antes de contestar:

–Sensei, esas palabras pueden aplicarse perfectamente a mi obra. Haré todo lo posible por corregir ese defecto.

Mori-san parecía no oírme.

–Pero ya hace tiempo que se han disipado en mí todas esas dudas, Ono –prosiguió–. Cuando sea viejo y piense en toda mi vida pasada, creo que me sentiré satisfecho de haberla dedicado a perseguir la belleza de este mundo, una belleza única. Y nadie me convencerá de que he perdido el tiempo.

Es posible que Mori-san no utilizara estas mismas palabras. Si lo pienso ahora, ésas serían más bien las palabras que yo diría a mis propios discípulos, después de haber bebido un poco en el Migi-Hidari: «En tanto que sois la nueva generación de artistas japoneses, vais a ser responsables de la cultura de esta nación. Me siento orgulloso de tener por discípulos a gente como vosotros. Y aunque yo no merezca que se me alabe por mi propia obra, cuando mire hacia atrás y recuerde que fui yo quien os ayudó a madurar como artistas, no habrá nadie que pueda convencerme de que he perdido el tiempo.» Cada vez que pronunciaba los discursos en torno a la mesa, mi grupo de jóvenes discípulos profería gritos indignados por el modo en que menospreciaba mi propia obra. Exaltados, me decían que, sin lugar a dudas, mi obra pasaría a la posteridad. Pero, como ya he dicho, muchas frases y expresiones que llegaron a creerse mías, eran en realidad el legado de Mori-san. Por lo tanto es muy probable que dijera exactamente las palabras oídas aquella noche a mi maestro, palabras que tenía grabadas por lo mucho que en su época me impresionaron.

En fin, he vuelto a salirme del tema. Estaba rememorando el día en que comí con mi nieto en los grandes almacenes, hará un mes, después de la molesta conversación que había tenido con Setsuko en el parque de Kawabe. Estaba recordando la apología de las espinacas que hizo Ichiro.

Cuando nos trajeron la comida, Ichiro se quedó mirando las espinacas con aire preocupado, removiéndolas de vez en cuando con la cuchara. Al cabo de un rato levantó la mirada y dijo:

–¡Mire, Oji!

Cogió con la cuchara la mayor cantidad de espinacas posible, acto seguido la levantó en el aire y empezó a metérselas en la boca, dejándolas caer de la cuchara. Era como alguien que apurase las últimas gotas de una botella.

–Ichiro –dije–, ¡qué modales son ésos!

Pero mi nieto siguió llenándose la boca de espinacas, al mismo tiempo que las masticaba enérgicamente. Bajó la cuchara una vez vacía, con los carrillos hinchados a punto de estallar. Entonces, sin dejar de masticar, puso cara de hombre recio y, sacando pecho, empezó a dar puñetazos en el aire.

–Pero Ichiro, ¿qué significa esto? ¿Me puedes decir qué estás haciendo?

–¿No lo adivina, Oji? –dijo con la boca todavía repleta de espinacas.

–No sé, Ichiro. Un hombre bebiendo sake... O peleándose, no sé, no lo adivino.

–¡Popeye el marino!

–¿Qué? ¿Otro de tus héroes?

–Cuando Popeye come espinacas se pone muy fuerte.

Volvió a sacar pecho y dio más puñetazos en el aire.

–Ya veo, Ichiro –dije riéndome–, ya veo que las espinacas son un alimento excelente.

–¿El sake da fuerzas?

Sonreí y meneé la cabeza.

–El sake te puede hacer creer que eres fuerte, pero en realidad, no tienes más fuerza que antes de haberlo bebido.

–Entonces, Oji, ¿por qué los hombres beben sake?

–No. lo sé, Ichiro. Quizá porque durante un ratito creen que son más fuertes, pero en realidad, el sake no los hace más fuertes.

–Las espinacas sí te dan fuerza.

–Entonces es mejor comer espinacas que beber sake. Sigue comiendo espinacas, Ichiro. Pero mira, ¿y todo lo que te queda en la bandeja?

–A mí también me gusta beber sake. Y whisky. Donde yo vivo hay un bar al que siempre voy.

–¿De verdad, Ichiro? Creo que es mejor que sigas comiendo espinacas. Como dices, las espinacas sí te dan fuerza.

–Prefiero el sake. Todas las noches me bebo diez botellas y después diez botellas de whisky.

–¿De verdad, Ichiro? Eso sí que es beber. Para tu madre debe ser un auténtico quebradero de cabeza.

–Las mujeres nunca entienden que los hombres beban –dijo Ichiro, y volvió a fijarse en la bandeja que tenía delante. Pero enseguida volvió a levantar la mirada–: Oji, esta noche viene a cenar, ¿no?

–Exacto, Ichiro. Espero que tía Noriko haya preparado algo muy bueno.

–Tía Noriko ha comprado sake. Ha dicho que Oji y tío Taro se lo beberían todo.

–Es muy posible. Pero seguro que las mujeres también querrán un poco. Sin embargo, creo que tu tía tiene razón, Ichiro. El sake sobre todo es cosa de hombres.

–Oji, ¿y qué ocurre si una mujer bebe sake?

–No sé qué decirte. Las mujeres no son tan fuertes como los hombres, Ichiro. Se emborrachan enseguida.

–A lo mejor tía Noriko se emborracha. En cuanto beba una tacita, va a estar borracha.

Yo me reí:

–Sí, es muy posible.

–Tía Noriko va a estar completamente borracha. Se pondrá a cantar y después se caerá dormida encima de la mesa.

–Ichiro –dije sin dejar de reírme–, en ese caso, será mejor que nos bebamos todo el sake nosotros, ¿no crees?

–Los hombres son más fuertes, por eso pueden beber más.

–Cierto, Ichiro. Será mejor que nos bebamos nosotros todo el sake.

Después de reflexionar un momento, añadí:

–Ya debes tener ocho años, ¿no? Pronto serás todo un hombre. Bueno, esta noche Oji intentará conseguirte un poco de sake.

Mi nieto se quedó mirándome un poco preocupado, pero no dijo nada. Le sonreí y después clavé mi mirada en el cielo gris que se veía a través de los grandes ventanales.

–Ichiro, nunca has conocido a tío Kenji, pero cuando él tenía tu edad era tan alto y tan fuerte como tú. Recuerdo que la primera vez que probó el sake fue más o menos a tu edad. Veré si puedo conseguirte un poco de sake esta noche.

–El problema va a ser mi madre.

–No te preocupes por tu madre, Oji sabrá convencerla.

Ichiro sacudió la cabeza deprimido:

–Las mujeres no entienden que los hombres beban –apuntó.

–Bueno, ya es hora de que un hombre como tú pruebe un poco de sake. No te preocupes, de tu madre me encargo yo, ¿o es que vamos a dejar que las mujeres estén continuamente encima de nosotros?

Mi nieto se quedó unos instantes absorto en sus pensamientos. De pronto dijo en voz alta:

–¡A lo mejor se emborracha tía Noriko!

Yo me reí.

–Ya veremos, Ichiro.

–¡Tía Noriko va a estar completamente borracha!

Debieron pasar unos quince minutos mientras esperábamos a que nos trajesen los helados, cuando Ichiro me preguntó pensativo:

–Oji, ¿conoció usted a Yujiro Naguchi?

–Querrás decir Yukio Naguchi. No, no le conocí personalmente.

Mi nieto no respondió, estaba absorto mirándose en el cristal que tenía al lado.

–También me ha parecido que tu madre estaba pensando en el señor Naguchi cuando esta mañana he hablado con ella en el parque –proseguí–. Seguro que los mayores hablaron de él ayer en la cena, ¿no?

Ichiro siguió mirando su imagen durante un rato. Después se volvió y me preguntó:

–¿El señor Naguchi se parecía a usted, Oji?

–¿Que si se parecía a mí? Bueno, para tu madre al menos, no. Lo dirás por una cosa que le dije una vez a tu tío Taro, pero no fue nada importante. Al parecer tu madre se lo tomó muy en serio. Ahora ya ni me acuerdo de lo que le dije a tu tío Taro en aquel entonces, sólo le dije de pasada que yo tenía algunas cosas en común con el señor Naguchi. Pero dime, Ichiro, ¿de qué estuvieron hablando anoche los mayores?

—Oji, ¿por qué se mató el señor Naguchi?

—No sabría decírtelo con seguridad, Ichiro. No le conocí personalmente.

—Pero ¿era un hombre malo?

—No, no lo era. Sólo fue un hombre que trabajó mucho por lo que él consideraba bueno. Pero al acabar la guerra, todo cambió. Las canciones que había compuesto el señor Naguchi se habían hecho muy populares en todo Japón, no sólo en esta ciudad. Las ponían en la radio y en los bares, y la gente como tu tío Kenji las cantaba en el ejército cuando desfilaba o antes de una batalla. Después de la guerra el señor Naguchi pensó que..., bueno, que había cometido un error componiendo esas canciones. Pensó en toda la gente que había muerto, en todos los muchachos de tu edad que ya no tenían padres, pensó en cosas así y, en fin, pensó que se había equivocado con esas canciones y sintió que debía pedir perdón a los que habían sobrevivido, a los muchachos que ya no tenían padres y a los padres que habían perdido a sus hijos. Quiso manifestar su pesar a esa gente y creo que por eso se mató. El señor Naguchi no fue una mala persona ni mucho menos. Tuvo el valor de reconocer los errores que había cometido. Fue muy valiente y digno de admiración.

Ichiro me observaba pensativo. Yo sonreí y le dije:

—¿Qué ocurre, Ichiro?

Mi nieto pareció a punto de decir algo, pero se volvió de nuevo hacia el cristal que reflejaba su rostro.

—Pero Ichiro, cuando he dicho que me parecía al señor Naguchi no hablaba en serio —dije yo—. Sólo era una broma. Es lo que tienes que decirle a tu madre la próxima vez que le oigas hablar del señor Naguchi, porque, según lo que ha dicho esta mañana, lo ha entendido todo al revés. Pero ¿qué te pasa Ichiro? ¿Por qué estás tan callado?

Después de comer estuvimos de tiendas por el centro, viendo juguetes y libros. Al final de la tarde, invité a Ichiro a otro helado en una de las elegantes cafeterías de la calle Sakurabashi antes de emprender el camino hacia el nuevo piso de Taro y Noriko, en el barrio de Izumimachi.

Ya sabrán ustedes que en este barrio viven ahora muchas parejas jóvenes de buena familia, por lo cual es una zona muy limpia con un ambiente muy respetable. Sin embargo, a mí la mayoría de estos bloques de pisos nuevos, que tanto atraen a las parejas jóvenes, me parecen algo agobiantes y poco originales. El piso de Taro y Noriko, por ejemplo, está en una tercera planta y no tiene más que dos habitaciones pequeñas de techos bajos. Se oye todo lo que pasa en los pisos de al lado, la única vista son las ventanas de los pisos de enfrente, y estoy seguro de que si el apartamento produce enseguida claustrofobia no es sólo porque estoy acostumbrado al tipo de casa tradicional, mucho más espaciosa. Noriko, sin embargo, parece estar muy orgullosa de su apartamento, y siempre está ensalzando las ventajas de un piso «moderno». Por lo visto, es muy fácil tenerlo limpio y se ventila mucho mejor. Pero sobre todo la cocina y el cuarto de baño, gracias a su diseño occidental, según dice mi hija, son mucho más prácticos que en mi casa.

La cocina, por muy práctica que sea, es demasiado pequeña, y aquella tarde, cuando entré para ver qué tal se las arreglaban mis hijas con la comida, apenas había espacio para tres personas, de modo que no me quedé charlando con ellas demasiado tiempo, pues, como digo, apenas cabíamos los tres y, además, estaban muy ocupadas. No obstante, en un momento dado, les dije:

—¿Sabéis?, hace un rato Ichiro me estaba contando que le gustaría mucho probar el sake.

Setsuko y Noriko, que hasta ese momento habían estado preparando las verduras, se quedaron inmóviles y levantaron la mirada hacia mí.

—Lo he estado pensando y he llegado a la conclusión de que deberíamos dejar que lo probara —proseguí—. Aunque quizá sería mejor que lo mezclarais con un poco de agua.

—Discúlpeme, padre —dijo Setsuko— pero... ¿está usted insinuando que Ichiro beba esta noche?

—Sólo un poco. Ya se está haciendo un hombre. Pero, como he dicho, sería mejor que lo mezclarais con agua.

Mis hijas se miraron una y otra vez y Noriko dijo:

—Pero padre, Ichiro sólo tiene ocho años.

—Con agua no puede hacerle ningún daño. Las mujeres no lo entendéis, pero para un jovencito como Ichiro estas cosas significan mucho. Es una cuestión de orgullo, algo que no olvidará en su vida.

—Qué disparate, padre —dijo Noriko—. Seguro que le sentaría mal.

—Será un disparate, pero lo he estado pensando muy detenidamente. A veces las mujeres no os dais cuenta de lo que es el orgullo de un muchacho. —Con el dedo apunté hacia la botella de sake que estaba en el estante, encima de sus cabezas—. Con una sola gota será suficiente.

Al salir de la cocina oí que Noriko decía:

—Setsuko, de eso ni hablar. Me pregunto cómo ha podido ocurrírsele semejante idea.

—¡Pero qué exageradas sois! —dije volviendo al umbral de la puerta. Detras de mí llegaron a mis oídos las risas de Taro y de mi nieto, que estaban en el salón. Bajé la voz y seguí diciendo:

—De todas formas, le he prometido que lo probaría y se ha

puesto muy contento. Las mujeres no tenéis la menor idea de lo que es el orgullo.

Cuando ya me alejaba de nuevo, fue Setsuko la que habló:

–Padre, le agradezco mucho que se interese tanto por los sentimientos de Ichiro. Sin embargo, no sé si sería mejor esperar a que sea algo mayor.

Yo me reí.

–Recuerdo que vuestra madre también protestó cuando decidí que Kenji probase un poco de sake a esa misma edad, y os aseguro que a vuestro hermano no le hizo ningún daño.

Enseguida me arrepentí de haber incluido a Kenji en una conversación tan banal. El caso es que en ese momento me enfadé conmigo mismo y, por tal motivo, no presté demasiada atención a las palabras que Setsuko pronunció después, aunque creo que dijo algo así como:

–Padre, todos sabemos que a la educación de Kenji dedicó usted una atención muy minuciosa; sin embargo, si pensamos en lo que sucedió, quizá podríamos decir que madre tenía más razón que usted en un par de cosas.

Para ser justos, puede que sus palabras no fueran tan desagradables. Hasta es posible que yo interpretara mal lo que dijo, ya que recuerdo perfectamente que la única reacción de Noriko al oír las palabras de su hermana fue darse la vuelta y seguir preparando las verduras más bien con desgana. Además, no creo capaz a Setsuko de hacer una referencia así de un modo tan fortuito, aunque cuando pienso en las insinuaciones que ella me había hecho aquel mismo día en el parque de Kawabe, tengo que reconocer que, de algún modo, la posibilidad no era nada remota. En cualquier caso, recuerdo que Setsuko concluyó con estas palabras:

–Además, me temo que a Suichi no le gustaría que Ichiro bebiese sake hasta que no sea un poco mayor. De todas formas ha sido muy amable en considerar de ese modo los sentimientos de Ichiro.

Como sabía que Ichiro podía oírnos y no quería echar a perder la reunión familiar, una de las pocas que teníamos, dejé de discutir y salí de la cocina. Después, según recuerdo, estuve un rato con Taro e Ichiro en el salón, hablando animadamente de esto y aquello, mientras esperábamos la cena.

Cuando una o dos horas más tarde nos sentamos por fin a comer, Ichiro tendió la mano hacia la botella de sake, que estaba encima de la mesa, y le dio unos golpecitos con los dedos mirándome maliciosamente. Yo sonreí pero no le dije nada.

La cena que las mujeres habían preparado fue espléndida, y no tardamos en ponernos a hablar espontáneamente. Taro, sobre todo, nos hizo reír con la historia de un colega suyo que, en parte por mala suerte y en parte por necia dejadez, tenía fama de no respetar nunca las fechas límite. Llegado un momento, mientras nos contaba la historia, dijo:

–Lo cierto es que la situación ha llegado a tal extremo que nuestros jefes le llaman ahora «el Tortuga», y hace poco, en una reunión, el señor Hayasaka, del modo más respetuoso, anunció textualmente: «Ahora vamos a escuchar el informe del Tortuga y después haremos una pausa para comer.»

–¿De verdad? –exclamé sorprendido–. Qué curioso. Yo tuve un colega a quien también le pusimos ese apodo, y por el mismo motivo.

A Taro no pareció sorprenderle en absoluto la coincidencia. Se limitó a hacer un cortés gesto de asentimiento y comentó:

–Recuerdo que en el colegio también tenía un compañero a quien llamábamos «el Tortuga». En realidad, creo que igual que todo grupo tiene su líder, también tiene su «Tortuga».

Taro volvió a su anécdota. Ahora que lo pienso, supongo que mi yerno tenía razón. La mayoría de los grupos tiene, por así decir, a su «Tortuga» aunque el nombre en sí no se utilice siempre. Entre mis discípulos, por ejemplo, era Shintaro el que desempeñaba ese papel, y no es que esté poniendo en duda su capacidad, es sólo que entre gente como Kuroda su talento parecía en cierto modo quedarse corto.

Creo que en general no siento ninguna admiración por los «Tortugas» que en el mundo existen. Su perseverancia y su firmeza, así como su capacidad de supervivencia, podrán ser cualidades apreciables, pero no así su falta de franqueza y la desconfianza que despiertan. Al final se termina por despreciarlos, ya que nunca los vemos arriesgarse por nada, ni en nombre de la ambición ni en pro de unos principios en los que supuestamente creen. Es gente que nunca será víctima de una derrota heroica como la que sufrió Akira Sugimura a causa del parque de Kawabe; por esa razón, aunque como profesores o en cualquier otro cargo lleguen a ganarse un mínimo de respeto, nunca conseguirán salir de la mediocridad.

Cierto es que durante los años que pasé con el Tortuga en casa de Mori-san sentí por él verdadero afecto, pero creo que nunca lo respeté como a un igual. Tal vez fuera por la naturaleza de nuestra amistad, forjada primero en el taller del maestro Takeda cuando vivía acosado por todo el mundo y luego durante nuestros primeros tiempos en la villa, donde también tuvo muchas dificultades. De cualquier modo se había formado la idea de que eternamente estaría en deuda conmigo por el «apoyo» que yo le había dado. Mucho después de haber captado el estilo con el que debía pintar, librándose del rechazo de los demás, y mucho después de haberse ganado la estima de sus compañeros por su carácter amable y servicial, aún seguía diciéndome cosas como:

–Le estoy tan agradecido, Ono-san. Gracias a usted ahora me tratan bien.

Es verdad que, en cierto modo, el Tortuga *estaba* en deuda conmigo; es evidente que de no haber sido por mí nunca se habría planteado dejar al maestro Takeda y convertirse en discípulo de Mori-san. Desde un principio se había mostrado muy reacio a dar un paso tan arriesgado, pero, una vez dado, nunca puso en duda que había sido un acierto. Durante mucho tiempo, al menos durante los dos primeros años, el Tortuga veneró a Mori-san de tal modo que, de hecho, no recuerdo haberle oído mantener con nuestro profesor una conversación normal, sólo balbuceaba: «Sí, Sensei» o «No, Sensei».

Durante todos esos años, el Tortuga siguió pintando tan despacio como siempre, pero ya nadie se lo reprochaba. En realidad, había otros tan lentos como él, y no tenían ningún reparo en burlarse de los que trabajábamos deprisa. Recuerdo que nos motejaron «los maquinistas». Comparaban nuestro ímpetu y frenesí en el trabajo, una vez que se nos ocurría algo, con la actitud de un maquinista que no cesa de alimentar la caldera para que el vapor no se apague. Como contrapartida, nosotros les llamábamos «los retraídos». Al principio, en la casa llamábamos «retraídos» a los que tenían la costumbre de echarse hacia atrás a cada instante, con la sala llena de caballetes de gente trabajando, para ver bien el lienzo. El resultado era que continuamente tropezaban con los colegas de detrás. Como es natural, era injusto llamar así a un artista y, sobre todo, calificarlo de insociable sólo porque se tomase su obra con calma, echándose atrás, como decíamos metafóricamente. Era un apodo muy provocativo, sí, pero también era por eso, precisamente, por lo que nos divertía emplearlo. Gastábamos muchas bromas con lo de «maquinistas» y «retraídos».

La verdad es que a cualquiera de nosotros se nos podía acusar, en un momento dado, de «retraídos». Por eso, en la medida de lo posible, evitábamos ponernos juntos cuando trabajábamos. En verano muchos de mis colegas se instalaban bien separados unos de otros por las terrazas, e incluso en el patio; en cambio otros se apropiaban de varias salas para poder ir cambiando de una a otra según la luz. El Tortuga y yo preferíamos instalar nuestros caballetes en la antigua cocina, un gran anexo de la casa a modo de almacén, que había detrás de una de las alas.

El suelo era de tierra batida, pero al fondo había un estrado, lo bastante ancho para dos caballetes. Las vigas del techo estaban a poca altura y tenían unos ganchos –de donde antes se colgaban las cazuelas y otros utensilios de cocina– que, junto a las repisas de mimbre de las paredes, nos eran muy útiles para guardar nuestras brochas, trapos, pinturas, etcétera. Y me acuerdo de que el Tortuga y yo colgábamos también, más o menos a nuestra altura, un cubo, ya viejo y ennegrecido, que llenábamos de agua cuando pintábamos.

Una de aquellas tardes en que pintábamos en la cocina, el Tortuga me dijo:

–Ono-san, tengo mucha curiosidad por su último cuadro. Debe de ser algo muy especial.

Yo sonreí sin apartar la mirada de mi obra.

–¿Por qué dices eso? Sólo estoy haciendo un experimento, nada más.

–Como hace tiempo que lo veo trabajar con mucho ímpetu... Además ha solicitado el régimen de reserva. Hacía dos años que no lo solicitaba, desde que trabajó en su *Danza del león*, cuando expuso por primera vez.

Les diré que, de vez en cuando, si uno de nosotros consideraba que los comentarios de los demás podían dificultar el desarrollo de una obra, solicitaba «el régimen de reserva» para trabajar; así, todo el mundo sabía que no se podía mirar dicha obra hasta que el propio autor retirase su solicitud. Era una norma muy sensata ya que, viviendo y trabajando tan cerca unos de otros, el «régimen de reserva» nos permitía hacer experimentos sin miedo a quedar en ridículo.

–¿Tanto se me nota? Yo pensaba que estaba disimulando mi entusiasmo bastante bien.

–Por lo visto se olvida que llevamos pintando juntos casi ocho años. Sí, sí. Le digo que debe de estar trabajando en algo muy especial.

–Ocho años –apunté–. Creo que tienes razón.

–Sí, Ono-san. Y para mí es un privilegio trabajar con alguien de su talento. A veces resulta humillante, pero, aun así, es un gran privilegio.

–Exageras –le dije sonriendo, y seguí pintando.

–No, no exagero. Creo que sin la inspiración constante que me ha producido ver cómo sus obras iban apareciendo ante mis ojos, durante todos estos años no habría progresado como he progresado. Sin duda habrá usted notado la influencia de su magnífica *Muchacha al atardecer* en mi *Muchacha de otoño*, una obra tan modesta. Fue uno de mis intentos de emular su genio, Ono-san. Un pobre intento, lo sé, pero Mori-san tuvo la bondad de elogiarlo y decir que, para mí, era un gran paso.

–Me pregunto –dejé a un lado el pincel y me quedé mirando mi obra– si este cuadro también te inspirará algo.

Seguí contemplando el cuadro a medio acabar y, acto seguido, miré a mi amigo, que estaba al otro lado del cubo con agua. El Tortuga, con la felicidad de estar pintando, no se percató de que lo miraba. Desde los días en que lo conocí con el maestro Takeda, había engordado unos cuantos kilos, y su mirada tensa y temerosa de aquella época había dejado paso a una sensación de gozo infantil. Recuerdo que alguien de la casa lo había comparado a un perrito al que se le acabase de hacer mimos, y la verdad es que la descripción convenía perfectamente a la imagen de aquella tarde en la cocina, mientras lo observaba pintar.

–Dime, Tortuga –le dije–, en estos momentos estás satisfecho con tu obra, ¿no?

–Muy satisfecho, gracias, Ono-san –respondió inmediatamente y, levantando la mirada, añadió con una sonrisa–: Por supuesto, aún me falta mucho para estar a su altura.

Volvió a clavar su mirada en el cuadro y yo seguí observándolo. Al cabo de un rato le pregunté:

–¿Nunca has pensado en... en hacer otras cosas?

–¿Otras cosas? –dijo sin levantar la mirada.

–Dime, ¿no te gustaría un día pintar cosas realmente importantes? No me refiero a obras que admiremos y elogiemos aquí entre nosotros. Me refiero a obras verdaderamente importantes. Obras que aporten algo a nuestro pueblo, a nuestra nación. Cuando digo otra cosa, me refiero a eso.

Mientras hablaba lo observaba atentamente, pero el Tortuga no dejó de pintar.

–Para serle sincero, Ono-san –dijo–, en posición tan humilde como la mía, siempre se intentan otras cosas. Pero desde hace un año, más o menos, creo que he empezado a descubrir el buen camino. Sabe, he notado que Mori-san se fija cada vez más en mi obra. Sé que está satisfecho conmigo. Dentro de un tiempo, quizá hasta pueda exponer con Mori-san y usted, ¿quién sabe? –Al final me miró y se rió muy nervioso–. Discúlpeme, lo que digo es para darme ánimos a mí mismo.

Decidí dejar el tema e intentar hablar en confianza con mi amigo cualquier otro día, pero los acontecimientos se adelantaron.

Ocurrió justo unos días después de la conversación que les he relatado. Una mañana de sol entré en la cocina y me encontré con que el Tortuga ya estaba subido al estrado del fondo, mirándome fijamente. Después de la claridad que había afuera, mis ojos necesitaron unos minutos para adaptarse a las sombras, sin embargo, noté en los suyos una expresión de temor, casi de pánico. Como si yo fuera a atacarlo, levantó torpemente un brazo a la altura del pecho y volvió a dejarlo caer. No había instalado siquiera el caballete ni se le veía preparado para trabajar. Le saludé y no respondió. Me acerqué algo más y le pregunté:

–¿Ocurre algo?

–Ono-san... –dijo en voz baja, y se calló. Al subir yo al estrado, miró molesto a su izquierda. Tenía puesta su mirada en mi cuadro, aún sin acabar, cubierto con una tela y apoyado contra la pared. El Tortuga, muy nervioso, lo señaló y dijo:

–¿Se trata de una broma?

–No, Tortuga –le dije subiendo al estrado–. No es ninguna broma.

Me acerqué al cuadro, lo destapé y lo volví hacia nosotros. El Tortuga desvió inmediatamente la mirada.

–Querido amigo –le dije–, una vez tuviste el valor de escucharme y juntos dimos un paso importante para nuestra carrera. Ahora me gustaría que dieras otro paso adelante conmigo.

El Tortuga seguía sin mirarme y dijo:

–Ono-san, ¿nuestro maestro ha visto esta pintura?

–No, todavía no. Pero creo que también tendré que enseñársela. A partir de ahora, voy a seguir este estilo. Tortuga, mira mi cuadro. Déjame que te explique lo que intento hacer y así quizá los dos juntos podamos dar otro paso importante.

Finalmente se volvió hacia mí.

–Ono-san –dijo casi susurrando–. Es usted un traidor, y ahora le ruego que me disculpe.

Dicho esto, salió del recinto.

El cuadro que tanto había escandalizado al Tortuga se llamaba *Complacencia* y, aunque no lo conservé mucho tiempo, le había dedicado tantos esfuerzos que todos los detalles quedaron grabados en mi memoria. Si quisiera, podría volver a pintarlo con toda precisión. Lo que me inspiró aquel cuadro fue una escena que había presenciado unas semanas antes, algo que había visto mientras paseaba con Matsuda.

Ibamos a ver a un colega de Matsuda en la compañía Okada-Shingen, a quien quería presentarme. Fue a finales de verano. El calor fuerte ya había pasado, pero recuerdo que me costaba caminar a la velocidad de Matsuda y, cruzando el puente metálico de Nishizuru, aún me veo limpiándome el sudor de la frente, deseando que Matsuda aminorara el paso. Aquel día mi compañero vestía un elegante traje de verano y, como siempre, llevaba el sombrero algo inclinado. A pesar del ritmo que llevaba, sus pasos no daban la impresión de alguien que tuviera prisa y, cuando llegamos a mitad del puente y nos detuvimos, ni siquiera me pareció que tuviera calor.

–Desde aquí hay una vista interesante –observó–. ¿No te parece?

La vista era un amasijo de tejados, unos de amianto y todo tipo de chapas, y otros de uralita, encajados entre dos fábricas siniestras, una a la derecha y otra a la izquierda. La zona de Nishizuru todavía hoy sigue siendo un barrio pobre, pero en aquella época era aún peor. Cualquiera que al pasar por el puente hubiese echado un vistazo, habría pensado que se trataba de un barrio abandonado a medio derruir, de no ser por las numerosas y diminutas siluetas que, mirando con atención, se podían distinguir en movimiento de una casa a otra, como hormiguitas pululando entre las piedras.

–Mira ahí abajo, Ono –dijo Matsuda–. En esta ciudad cada vez hay más barrios así. Hace sólo dos o tres años el sitio no estaba tan mal, pero ahora se está convirtiendo en un barrio de chabolas. Cada vez hay más gente pobre que se ve obligada a dejar sus casas y el campo para venir a pasar necesidades a sitios como éste, donde ya viven otros en iguales condiciones.

–Es horrible –dije–, dan ganas de hacer algo.

Matsuda me sonrió con ese aire de superioridad con el que siempre me hacía sentir estúpido e incómodo.

–Siempre las buenas intenciones –dijo mirando el paisaje–. Todos las tenemos, gente de toda condición, pero, mientras tanto, estos lugares se van extendiendo como una plaga. Respira hondo, Ono, hasta aquí llega el olor de las alcantarillas.

–Había notado que olía a algo, pero... ¿de verdad viene de ahí abajo?

Matsuda no respondió. Siguió contemplando toda aquella miseria con una extraña sonrisa en la cara. Luego dijo:

–Son raras las veces que un político o un hombre de negocios ve lugares así. Y si los ven es desde cierta distancia, como nosotros ahora. Me pregunto si habrá uno solo que haya pasado por ahí abajo y, ya que estamos, también me pregunto cuántos artistas habrán hecho lo mismo.

Advertí su tono desafiante y le propuse:

–Si no llegamos tarde a la cita, no me importaría.

–Al contrario, incluso podríamos ahorrarnos uno o dos kilómetros.

Matsuda no se había equivocado al pensar que el olor procedía de las alcantarillas del barrio. Una vez que estuvimos a los pies del puente y nos adentramos por las callejuelas, el hedor se fue haciendo más intenso, casi nauseabundo. No corría brisa alguna que pudiese combatir el calor. En el aire sólo se movían las moscas con un zumbido constante. Una vez más, tuve que esforzarme por seguir el paso de Matsuda, aunque no tenía el menor deseo de que lo aminorase.

A nuestro lado se sucedían extrañas construcciones, como los puestos de un mercado que hubiese cerrado aquel día, pero en realidad eran casas de una sola habitación, algunas separadas de la calle sólo por una cortina. De vez en cuando había viejos sentados a la puerta, que nos miraban curiosos pero no de un modo hostil. Había niños por todas partes, moviéndose en todas direcciones; los gatos se diría que nos salían de los pies a toda velocidad. Sin dejar de andar, íbamos esquivando las sábanas y la ropa que colgaba de simples pedazos de cuerda. Se oía llorar a los niños, ladrar a los perros y las voces de los vecinos que conversaban entre sí desde sus respectivas casas sin correr la cortina. Al cabo de un rato, mi atención se centró sobre todo en las acequias del alcantarillado que transcurrían paralelas al camino por donde íbamos andando. Sólo las moscas las cubrían y, al tiempo que seguía a Matsuda, me fue invadiendo la sensación de que las acequias se estrechaban cada vez más hasta convertirse en un tronco caído sobre el que nos aventurábamos.

Al final llegamos a una especie de patio, donde el camino se veía interrumpido por una aglomeración de cabañas miserables. Sin embargo, Matsuda señaló un hueco que quedaba libre entre dos cabañas por donde se veía el campo abierto.

–Si cortamos por ahí –dijo–, salimos detrás de la calle de Kogane.

Cerca del pasaje que Matsuda señalaba, tres muchachos estaban inclinados sobre algo que había en el suelo y que empujaban con unos palos. Al acercarnos, se volvieron bruscamente con gesto amenazante y, aunque no veía nada, algo me decía que estaban torturando a un animal. Matsuda debió llegar a la misma conclusión, porque al pasar junto a ellos me dijo:

–En fin, no tienen con qué divertirse.

En aquel momento apenas pensé en los muchachos, pero unos días después la imagen de los tres niños que nos miraban con gesto amenazante, levantando los palos entre aquella miseria, acudió a mí con toda precisión de detalles, y la utilicé como tema central de *Complacencia*. Sin embargo, debo decir que la imagen que aquella mañana el Tortuga captó furtivamente de mi cuadro, todavía inacabado, era infiel en un par de cosas a la imagen real de los tres niños. Vestían los mismos harapos y el fondo, la mísera cabaña, era también el mismo. Sólo el gesto había cambiado, ya no era la mirada amenazante de tres criminales de corta edad sorprendidos en plena faena, era el gesto viril de tres samurais listos para la lucha. Y no es ninguna coincidencia que los plasmara sujetando los palos en las posturas clásicas del kendo.

Encima de la cabeza de los tres muchachos, el Tortuga también tuvo que atisbar una segunda imagen. Tres hombres gruesos, bien vestidos, cómodamente sentados en un café. Aparecían riéndose, con unos rostros algo decadentes, como si estuviesen gastando bromas sobre sus amantes o algo por el estilo. Las dos imágenes quedaban encerradas en un mismo marco, los contornos del archipiélago nipón. En el margen derecho, en letras rojas, se leía «Complacencia» y en el izquierdo, en letras más pequeñas, «Pero los jóvenes están dispuestos a defender su dignidad».

Es posible que la descripción de una obra tan simple les diga algo, sobre todo si conocen ustedes mi cuadro *Mirada hacia el horizonte.* Fue una imagen muy conocida por los años treinta en toda la ciudad. En realidad, *Mirada hacia el horizonte* era una reelaboración de *Complacencia,* con las diferencias propias de la evolución lógica de mi estilo entre uno y otro cuadro. Recordarán ustedes que esta última obra también presentaba el contraste de dos imágenes superpuestas unidas por el contorno de Japón. La imagen superior seguía siendo la de los tres hombres bien vestidos conversando entre ellos, esta vez con expresión nerviosa, mirándose unos a otros para ver quién toma la iniciativa. Sus caras, ya lo saben ustedes, eran parecidas a las de tres importantes políticos. En cuanto a la imagen inferior, la dominante, los tres pordioseros habían sido sustituidos por tres soldados de rostro severo: dos con bayonetas, flanqueando al oficial del centro, que empuña su espada señalando en dirección al oeste, hacia Asia. Detrás ya no aparecía un fondo de miseria sino la bandera militar del sol naciente. La palabra «Complacencia» del margen derecho había sido reemplazada por «Mirada hacia el horizonte». El mensaje de la izquierda era: «Basta de palabras cobardes, Japón debe seguir adelante.»

Si no conocen ustedes la ciudad es posible que nunca hayan visto esta obra, pero no exagero si digo que la mayoría de la gente que vivió en este lugar antes de la guerra conoció el cuadro, en aquella época muy elogiado, en primer lugar, por la fuerza de su técnica, pero, sobre todo, por la fuerza del color. Ya sé que ahora *Mirada hacia el horizonte,* a pesar de sus valores artísticos, es un cuadro desfasado. Reconozco incluso que es un cuadro vergonzoso por los sentimientos que refleja. No soy de los que temen reconocer los errores de épocas pasadas.

Pero en fin, no pretendo hablarles de *Mirada hacia el hori-*

*zon*te. Sólo lo he mencionado por su relación con el cuadro anterior y para dejar bien clara la influencia que Matsuda tuvo posteriormente en mi carrera. Había empezado a ver regularmente a Matsuda unas semanas antes de encontrarme con el Tortuga en la cocina, la mañana de su descubrimiento. Una prueba de lo mucho que me atraían sus ideas, es que lo veía con frecuencia y, que yo recuerde, al principio no había sentido hacia él ninguna simpatía. Nuestras primeras conversaciones siempre habían acabado en riñas. Una noche, por ejemplo, poco después de haberlo seguido por entre las míseras calles de Nishizuru, me llevó a un bar del centro de la ciudad. No recuerdo el nombre del bar ni la zona, pero recuerdo que era un lugar sucio y oscuro, frecuentado por los peores estratos de la ciudad. Apenas entramos me sentí intranquilo. Matsuda, en cambio, estaba como en su casa e incluso saludó a dos hombres que jugaban a las cartas antes de llevarme a un reservado donde había una mesita libre.

Mi intranquilidad fue en aumento cuando unos minutos más tarde dos hombres, de aspecto recio y bastante borrachos, se acercaron hasta nuestro reservado dando traspiés, buscando conversación. Matsuda se limitó a decirles que se fueran. Yo pensé que habría problemas, pero al parecer mi compañero los desconcertó de tal modo que se alejaron sin rechistar.

Estuvimos bebiendo y hablando durante un rato hasta que, en un momento dado, nos empezamos a exaltar. Recuerdo haberle dicho:

–Comprendo que, a veces, la gente como tú se burle de nosotros los artistas, pero te equivocas si piensas que no sabemos nada de este mundo.

Matsuda soltó una carcajada y contestó:

–Ono, recuerda que yo trato con muchos artistas y, en general, formáis un grupo de gente terriblemente decadente. A veces, más ajenos a las cosas de este mundo que un niño.

Cuando iba a responderle, Matsuda prosiguió:

–Por ejemplo, piensa en tu proyecto, el que me acabas de exponer con tanta seriedad. Es muy conmovedor, pero permíteme que te diga que es una prueba más de lo ingenuos que sois los artistas.

–No veo por qué encuentras tan ridículo mi proyecto. Claro que me equivocaba si creía que te importaba la pobreza de esta ciudad.

–No es necesario que emplees ese tono tan sarcástico e infantil. Sabes muy bien que me importa. Pero vamos a pensar un momento en tu proyecto. Imagínate que logras lo imposible y tu maestro te da su consentimiento. Os pasáis todos una semana, o dos, en la casa, pintando, ¿cuántos? ¿Veinte cuadros? Treinta como mucho. ¿Para qué más? De todas formas, no conseguiríais vender más de diez u once. Y con eso qué. Las pocas ganancias os cabrían en un bolso con el que podríais pasearos por los barrios pobres repartiendo monedas. ¡A cada pobre un sen!

–Discúlpame, Matsuda, pero me tomas por un alma ingenua y te equivocas. Yo no he dicho que en la exposición sólo deba participar el grupo de Mori-san. Sé perfectamente que la pobreza que intentamos combatir es un problema muy grave, y por eso te he hecho esta propuesta. Los que venís de Okada-Shingen estáis en una posición privilegiada. La situación de esa gente miserable podría aliviarse con grandes exposiciones organizadas regularmente en toda la ciudad, que atrajesen cada vez a más artistas.

–Lo siento, Ono –dijo Matsuda con una sonrisa mientras meneaba la cabeza–, pero me temo que, después de todo, sigo teniendo la razón. Los artistas sois una raza desesperadamente ingenua. –Se echó hacia atrás y suspiró. Nuestra mesa estaba cubierta de ceniza de cigarrillos y Matsuda, con la arista de una caja de cerillas vacía que habían dejado los clientes anteriores, trazaba formas geométricas, pensativo–. Actualmente –prosiguió–, el gran talento de muchos artistas consiste en mantenerse apartados del mundo. Por desgracia, parece que cada día son más, y tú, Ono, has caído en la órbita de uno de ellos. No te enfades, es la verdad. Sabes del mundo que te rodea menos que un niño. Por ejemplo, seguro que ni siquiera sabes quién era Carlos Marx.

Lo miré malhumorado pero no dije nada. Matsuda se rió y dijo:

–¿Ves? Pero no te preocupes. La mayoría de tus colegas están aún peor.

–No seas absurdo. Claro que conozco a Carlos Marx.

–Discúlpame, Ono. Te he infravalorado. Pero háblame de Carlos Marx, por favor.

Yo me encogí de hombros.

–Creo que ha sido el líder de la revolución rusa, ¿no?

–¿Y Lenin? Su segundo de a bordo, supongo.

–Pues uno de sus camaradas.

Al ver que volvía a reírse añadí, antes de que abriera la boca:

–De todas formas, son preguntas ridículas. Me hablas de cosas de un país muy lejano, pero yo te hablo de los pobres de aquí, de nuestra ciudad.

–Sí, Ono, tienes razón. Pero ¿ves?, como te he dicho, ignoras muchas cosas. Tu idea de que la sociedad Okada-Shingen se preocupa por despertar a los artistas y meterlos de lleno en el mundo no es errónea. Pero si te he hecho creer que la intención de nuestra compañía es convertirse en un fondo para pobres, olvídalo, la caridad no nos interesa.

–No veo qué puede tener de malo un poco de caridad, y, si además sirve para abrirnos los ojos a unos cuantos artistas decadentes, pues mucho mejor.

–Te falta mucho para abrir los ojos si crees que un poco de caridad es el modo de ayudar a los pobres. La verdad es que se avecina una crisis. Japón está en manos de hombres de negocios codiciosos y de políticos débiles. Con gente así, es normal que cada día haya más miseria. La única solución es que nosotros, los jóvenes, hagamos algo. No creas que soy un agitador de masas. A mí sólo me interesa el arte y los artistas como tú. Jóvenes talentos que aún no estáis inmersos en ese mundillo que os rodea. La función de Okada-Shingen es abrirles los ojos a jóvenes como tú y crear obras de verdadero valor para estos difíciles tiempos que corren.

–Discúlpame, Matsuda, pero me parece que el ingenuo eres tú. El mayor interés del artista es plasmar la belleza que pueda tener ante sí. Pero, por mucho que lo consiga, el efecto no será ni mucho menos el que tú dices. Si el objetivo de la Okada-Shingen es el que tú pretendes, me parece que está mal concebida, fundada en una idea errónea e ingenua de lo que el arte puede o no puede hacer.

–Ono, sabes muy bien que no vemos las cosas de un modo tan simple. Okada-Shingen no está aislada. Hay jóvenes como nosotros en todas las capas de la sociedad, en el ejército, en la política, que piensan como nosotros. Somos la nueva generación. Sólo juntos podremos hacer algo, y a los que nos sentimos profundamente unidos al arte, nos gustaría verlo más vinculado al mundo de hoy. Realmente, Ono, en épocas como esta en que la gente es cada día más pobre y los niños que vemos por la calle están cada día más enfermos y hambrientos, lo último que debe hacer un artista es encerrarse a pintar cuadros de prostitutas. Veo que sigues enfadado y que ahora mismo estás pensando cómo atacarme, pero no te estoy hablando con mala intención, Ono. Mi mayor deseo es que pienses en todo lo que te he dicho, sobre todo, porque te considero persona de mucho talento.

–Pero entonces dime, Matsuda, ¿cómo podemos ayudarte unos artistas necios y decadentes en esa gran revolución tuya?

Para mayor escarnio, Matsuda volvió a sonreír con aire de desprecio.

–¿Revolución? Vamos, Ono. Son los comunistas los que

quieren hacer la revolución, no nosotros. Muy al contrario. Lo que deseamos es una restauración, que Su Majestad Imperial el Emperador recupere el cargo que le corresponde como jefe de Estado.

–Pero si precisamente eso es lo que es.

–Verdaderamente, Ono, ¡mira que eres ingenuo! –Si hasta ahora había mantenido el tono de su voz, en ese momento, habló con más energía–. Nuestro Emperador es nuestro jefe legítimo, pero... ¿en qué se ha convertido? Hombres de negocios y políticos le han arrebatado el poder. Escúchame bien, Japón ha dejado de ser un país atrasado lleno de campesinos. Ahora es una nación poderosa, capaz de rivalizar con cualquier país de Occidente. Dentro del continente asiático, es una nación gigante entre naciones débiles y pequeñas y, sin embargo, dejamos que nuestra gente caiga en la miseria y nuestros niños mueran famélicos. Entretanto, los negocios prosperan y los políticos sólo hablan y se excusan. ¿Crees que un país de Occidente toleraría una situación semejante? Ya hace tiempo que habrían reaccionado.

–¿Cómo reaccionado? ¿A qué te refieres?

–Ya es hora de que levantemos un imperio tan rico y poderoso como el británico o el francés. Tenemos que usar nuestra fuerza para extender nuestras fronteras. Ha llegado el momento de ponernos a la altura que nos corresponde como potencia mundial. Tenemos los medios, créeme, lo que ahora necesitamos es voluntad, pero antes tenemos que deshacernos de los hombres de negocios y de todos esos políticos para que el ejército no tenga que rendir cuentas más que a Su Majestad Imperial el Emperador. –En ese momento se rió y se quedó mirando las figuras geométricas que había estado dibujando en la ceniza de los cigarrillos–. Pero en fin, de eso se encargarán otros. Nosotros de lo que tenemos que ocuparnos es del arte.

No creo que el estupor que sintió el Tortuga dos o tres semanas después en la cocina tuviera mucho que ver con los temas de mis discusiones con Matsuda. No era lo bastante agudo como para percibir todas esas connotaciones en mi cuadro a medio acabar. A lo sumo vería mi falta de respeto hacia los principios de Mori-san. Me había reído del deber colectivo de plasmar la frágil luz del mundo flotante. El impacto visual lo había reforzado con una osada caligrafía pero, sobre todo, lo que más le había escandalizado era mi técnica de contornos bien marcados, un método muy tradicional que se oponía totalmente a las enseñanzas de Mori-san.

En fin, cualquiera que fuese el motivo de su indignación, después de aquella mañana comprendí que al final tendría que desvelar mis ideas antes mis compañeros y que mi maestro, tarde o temprano, también acabaría conociéndolas. Por ese motivo, cuando tuve aquella conversación con Mori-san en los jardines de Takami, ya sabía muy bien lo que debía decirle. Estaba decidido a no dejarme apabullar.

Fue una o dos semanas después del episodio de la cocina. Mori-san y yo habíamos ido de compras a la ciudad, no sé si para elegir y encargar material de trabajo, no lo recuerdo. Lo que sí recuerdo es que no lo noté raro conmigo. Cuando ya oscurecía, como nos quedaba todavía un poco de tiempo antes de coger el tren de vuelta, decidimos dar un paseo por los jardines de Takami, después de subir la escalinata de detrás de la estación de Yotsugawa.

Por aquella época en los jardines de Takami había un pabellón muy agradable, justo a la altura del cerro que domina toda esa parte de la ciudad, a muy poca distancia de donde se levanta ahora el monumento a la paz. El pabellón se destacaba sobre todo por los faroles que colgaban del tejado, un hermoso tejado. Aquella noche, sin embargo, recuerdo que los faroles estaban apagados. Una vez dentro, había una sala muy espaciosa, pero, como no estaba cerrada, sólo los arcos que sostenían el tejado se interponían entre el visitante y el paisaje.

Creo que hasta entonces no sabía que existiera ese pabellón, lo descubrí por lo tanto gracias a Mori-san. Antes de que quedara destruido por la guerra fue durante muchos años uno de mis lugares favoritos. Cada vez que nos cogía de paso entraba con mis alumnos, y creo que fue en ese pabellón, justo antes de empezar la guerra, donde tuve mi última conversación con Kuroda; de mis alumnos, el de más talento.

En cualquier caso, aquella tarde en que entré con Mori-san, el cielo se había vuelto de color púrpura y entre los tejados empezaban a brillar luces que rompían la oscuridad. Mori-san se acercó al borde, se apoyó en uno de los arcos observando el cielo y, con aire satisfecho, me dijo sin mirarme:

–Ono, en la bolsa hay cerillas y velas. Enciende estos faroles, por favor. Creo que el efecto será más interesante.

A medida que fui encendiendo los faroles, los jardines que rodeaban el pabellón, sumidos ya en el silencio, se ocultaron tras las sombras. Mientras tanto, no cesaba de observar la silueta de Mori-san que se destacaba sobre el cielo. Cuando ya llevaba encendidos la mitad de los faroles le oí decir:

–Y bien, Ono, ¿qué es lo que tanto te preocupa?

–¿Cómo dice?

–Antes has dicho que había algo que te preocupaba.

Sonreí y levanté el brazo para encender otro farol.

–Es una tontería, Sensei. No quisiera molestarlo, pero el problema es que no sé qué pensar. El caso es que hace dos días, reparé en que algunos de mis cuadros no estaban en el sitio en que yo suelo dejarlos en la cocina.

Mori-san se quedó un rato callado. Después dijo:

–¿Y los otros qué dicen?

–Ya les he preguntado, pero al parecer no saben nada. O al menos, no quieren decirme nada.

–¿Cuál es tu conclusión, entonces? ¿Crees que se trata de una conspiración?

–Bueno, la verdad es que tengo la impresión de que me

rehúyen. De hecho, durante estos últimos días no he podido tener la menor conversación con ninguno de ellos. Cuando entro en una habitación se callan o salen todos juntos.

Mori-san no dijo nada y, al volverme hacia él, vi que seguía absorto contemplando el atardecer. Cuando me disponía a encender otro farol, le oí decir:

–Tus cuadros los tengo yo. Siento que por mi culpa te hayas alarmado. El otro día tenía un poco de tiempo libre y pensé que era un buen momento para echar un vistazo a tus últimas obras. Al parecer, habías salido. Debería habértelo dicho a tu vuelta. Lo siento, Ono.

–No tiene importancia, Sensei. Me siento halagado de ver que se interesa usted por mi obra.

–Es normal que me interese. Eres mi mejor discípulo. He pasado años alimentando tu talento.

–Lo sé, Sensei. No sabría decirle cuánto le debo.

Ambos nos quedamos callados y yo seguí encendiendo los faroles. En un momento determinado me detuve y dije:

–Me alegro de que no les haya pasado nada a mis cuadros. Tenía que haber supuesto que se trataba de algo así. Ahora ya estoy tranquilo.

Mori-san no respondió. Por lo que podía ver de su silueta seguía contemplando el paisaje. Creí que no me había oído y repetí en voz un poco más alta:

–Me alegro de saber que no les ha pasado nada a mis cuadros.

–Sí, Ono –dijo Mori-san como si lo hubiese arrancado de sus pensamientos más profundos–. Disponía de un poco de tiempo libre y le pedí a alguien que fuera a buscar tus últimos cuadros.

–He sido un tonto por preocuparme. Me alegro de que las pinturas estén a salvo.

Como se quedó otra vez callado volví a pensar que no me había oído. Pero entonces dijo:

–Lo que vi me sorprendió un poco. Supongo que explorabas nuevos caminos.

Naturalmente, es posible que no utilizara esa misma frase «explorabas nuevos caminos». Es una frase que yo usaba con frecuencia esos últimos años y es posible que ahora recuerde las palabras que yo mismo dije a Kuroda, la última vez que lo vi, también en el pabellón. Sin embargo, creo que Mori-san también hablaba a veces de «explorar caminos». Supongo que, una vez más, éste es otro ejemplo de una particularidad personal que, en realidad, es herencia de mi antiguo maestro. De todas formas, mi única respuesta fue sonreír un poco violento y encender otro farol. Después oí que decía:

–No está mal que un artista joven haga sus experimentos, sobre todo porque le sirve para desprenderse de algunos caprichos. Al mismo tiempo le permite retomar en serio su trabajo, poniendo más de sí mismo. –Hizo una pausa y murmuró para sus adentros–: No, experimentar no es malo. Es otra faceta de la juventud. No es nada malo.

–Sensei –le dije–, estoy convencido de que mis últimos cuadros son lo mejor que he hecho.

–No es malo, no es nada malo. Pero tampoco hay que pasar mucho tiempo experimentando. Sería como viajar demasiado. No, lo mejor es reemprender seriamente el trabajo lo antes posible.

Esperé a ver si decía algo más y, al cabo de un rato, dije:

–La verdad es que he sido un tonto precupándome por los cuadros. Sin embargo, ¿sabe?, son las obras de las que más orgulloso me siento. De todas formas debería haber supuesto que se trataba de algo por el estilo.

Mori-san guardó silencio. Encendí otro farol y al observarlo no supe muy bien si meditaba mis palabras o pensaba en otra cosa. Se iba produciendo una extraña mezcla de luz en el pabellón conforme el cielo se oscurecía y los faroles se encendían uno tras otro. Sin embargo la figura de Mori-san seguía siendo una silueta apoyada en un arco de espaldas a mí.

–A propósito, Ono –dijo al final–. Me han dicho que hay una o dos pinturas de las que has hecho últimamente que no están con las que yo tengo.

–Es posible. Hay una o dos que he puesto en otro sitio.

–Y seguro que son de las que más orgulloso te sientes.

Como me quedé callado, Mori-san prosiguió:

–A ver si a la vuelta me las enseñas. Me gustaría mucho verlas.

Me quedé un rato pensativo y dije:

–Le agradecería mucho que diera usted su opinión. El problema es que no estoy seguro de saber dónde las he dejado.

–Bueno, espero que las busques.

–Sí, Sensei. Mientras tanto, podría ayudarle a desalojar los otros cuadros que ha examinado usted tan amablemente. Deben de estar molestándole. Me los llevaré en cuanto volvamos.

–No te preocupes por esas pinturas, Ono. –Suspiró cansado y volvió a contemplar el cielo–. De modo que no crees que puedas enseñarme esos cuadros.

–Así es, Sensei. Me temo que no.

–Ya. Supongo que habrás pensado en tu futuro, en el caso que renuncies a mi protección.

–Esperaba que comprendiera usted mi situación y siguiera ayudándome en mi carrera.

Como no contestaba, añadí:

–Sensei, me dolería mucho dejar la casa. Estos últimos años han sido los más valiosos y felices de mi vida. A mis colegas los veo como hermanos. Y en cuanto a usted, no sabría decirle cuánto le debo. Le ruego que examine de nuevo mis cuadros. A nuestro regreso, puedo explicarle qué es lo que he pretendido en cada uno de ellos.

Siguió sin dar muestras de haberme oído, de modo que continué:

–Durante estos años he aprendido mucho. He aprendido mucho observando el mundo flotante y apreciando la fragilidad de su belleza. Pero ahora siento que debo pasar a otras cosas. Sensei, pienso que en tiempos como los que corren, los artistas deben aprender a valorar otras cosas más tangibles y dejar a un lado placeres que desaparecen con la luz del día. No es necesario que los artistas se queden siempre en ese mundo cerrado y decadente. Sensei, mi conciencia me dice que algún día tendré que dejar de ser un artista del mundo flotante.

Tras pronunciar estas palabras, volví a centrarme en los faroles. Al cabo de un rato dijo Mori-san:

–Desde hace un tiempo eres el más aventajado de mis alumnos. Tu marcha me causaría cierto dolor. Te doy tres días para enseñarme esos cuadros que faltan. Enséñamelos y después vuelve a ocuparte de las cosas que te convienen.

–Sensei, ya le he dicho que, muy a mi pesar, no podré enseñarle esos cuadros.

Me pareció oír que se reía para sus adentros. Después dijo:

–Como tú mismo has señalado, corren tiempos difíciles. Más aún para un artista prácticamente desconocido y sin recursos. Si no fueras tan brillante, temería por tu futuro después de abandonarme, pero eres un muchacho inteligente y, sin duda, ya tendrás algo previsto.

–En realidad, no tengo previsto nada en absoluto. La casa ha sido mi hogar durante mucho tiempo y nunca me he planteado que algún día dejaría de serlo.

–En fin, como he dicho, si no fueras tan brillante habría motivo para preocuparse. Pero eres un joven inteligente. –Vi que la silueta de Mori-san se volvía hacia mí–. Sin duda, encontrarás trabajo en revistas y otras ilustraciones. Quizá hasta puedas volver a la empresa en la que trabajabas antes de venir a verme. Claro que para ti significaría el final de tu carrera como verdadero artista. En fin, son cosas que ya habrás considerado.

Para un profesor consciente de que aún goza de la admiración de su alumno, son palabras que pueden resultar innecesariamente malévolas, pero si consideramos el tiempo y los esfuerzos que un gran maestro invierte en un discípulo, es más fácil comprender, y casi excusar, la reacción incontrolada del maestro, sobre todo de un maestro que permite que el público asocie su nombre al de su discípulo. Y aunque la estratagema para recuperar las obras parezca mezquina, comprenderán que un maestro que ha facilitado prácticamente todo el material de pintura, se olvida en un momento así de que el alumno está en su derecho si pretende conservar su propia obra.

A pesar de todo, siempre es lamentable que un preceptor se muestre tan arrogante y posesivo, por muy célebre que sea. De vez en cuando, aún me viene a la memoria aquella fría mañana de invierno e incluso parece que me llega el fuerte olor a quemado. Fue el último invierno antes de que estallara la guerra y yo esperaba nervioso ante la puerta de Kuroda, un cuchitril que tenía alquilado en la zona de Nakamachi. El olor a quemado venía, sin ninguna duda, del interior. También se oía sollozar a una mujer. Llamé varias veces a la campanilla, pero nadie vino a abrirme. Al final decidí entrar, pero, en ese momento, mientras corría la puerta, apareció un policía en la entrada.

–¿Qué quiere? –preguntó.

–Busco al señor Kuroda. ¿Sabe si está en casa?

–Al ocupante de esta casa se lo ha llevado la policía para hacerle un interrogatorio.

–¿Un interrogatorio?

–Le aconsejo que vuelva a su casa –dijo el policía–. Si no, empezaremos también con usted. Nos interesa conocer a todas las amistades del ocupante de esta casa.

–Pero ¿por qué? ¿Acaso ha cometido algún delito?

–No nos gusta la gente como él. Y si usted no se larga pronto, empezaremos también a interrogarlo.

Adentro, la mujer seguía sollozando. La madre de Kuroda, supuse, y también oí a alguien que le estaba gritando algo.

–¿Y su superior? –pregunté.

–Vamos, lárguese. ¿O quiere que también lo detengan?

–Antes de nada –dije–, déjeme presentarme. Me llamo Ono. –Al parecer, mi nombre no le decía nada, de modo que seguí hablando, sin demasiado aplomo–. Yo soy la persona que ha proporcionado la información por la cual usted está aquí. Me llamo Masuji Ono, soy pintor y miembro del Comité de Cultura del Ministerio del Interior. Más concretamente, soy consejero especial del Comité de Actividades Antipatriotas. Creo que esta operación es un error, y por eso quisiera hablar con la persona que la dirige.

El policía me miró con suspicacia, después se volvió y entró en la casa. Al poco rato regresó y me dijo que lo siguiera.

Dentro de la casa habían vaciado armarios y cajones, y su contenido estaba tirado por el suelo. Con algunos libros habían hecho un paquete, y en la sala principal el tatami estaba levantado y un policía inspeccionaba el suelo con una linterna. De detrás de una mampara llegaban los sollozos de la madre de Kuroda, mientras otro policía le hacía preguntas.

Me llevaron a la terraza de detrás de la casa. En medio de un patio pequeño había un policía de uniforme y otro de paisano, de pie junto a un fuego. El de paisano se dirigió a mí:

–¿El señor Ono? –preguntó muy respetuosamente.

El policía que me había acompañado se dio cuenta del mal trato que me había dispensado y volvió a meterse en la casa rápidamente.

–¿Qué ha sido del señor Kuroda?

–Está siendo sometido a un interrogatorio. Lo estamos tratando bien, no se preocupe.

Me quedé mirando fijamente el fuego que ya estaba casi apagado. El policía removía los restos con un palo.

–¿Con qué derecho han quemado esos cuadros? –pregunté.

–Tenemos por norma destruir todo el material ofensivo que no vaya a ser utilizado como prueba. Hemos escogido unos cuantos como muestra y toda la basura que quedaba la hemos quemado.

–No sabía –dije– que era esto lo que iban a hacer. A la comisión sólo les dije que enviaran a alguien que metiera en razón a Kuroda, que hablase con él. –Volví a fijar mi mirada en el montón de ascuas que seguían ardiendo–. No era necesario quemar nada de eso. Había obras muy buenas.

–Señor Ono, le agradecemos mucho su ayuda, pero ahora debe usted dejar la investigación en manos de las autoridades competentes. Procuraremos que a su amigo Kuroda se lo trate con justicia.

El hombre sonrió y, volviéndose hacia el fuego, le dijo algo al policía de uniforme. Este volvió a remover las cenizas y murmuró entre dientes:

–Basura antipatriota.

Me quedé en la terraza, sin dar crédito a mis ojos. Finalmente, el policía de paisano se volvió hacia mí y me dijo:

–Le aconsejo que se vaya a su casa.

–¡Esto es una locura! –dije–. ¿Y por qué están interrogando a la señora Kuroda? ¿Qué tiene ella que ver?

–Eso es cosa de la policía, señor Ono. Ya no es asunto suyo.

–¡Qué locura! Pienso informar de esto al señor Ubukata. O quizá lo mejor es que acuda directamente al señor Saburi.

El policía de paisano llamó a alguien de la casa y de pronto apareció el policía que me había abierto la puerta.

–Déle las gracias al señor Ono y acompáñelo fuera –ordenó el policía de paisano. Al volverse hacia el fuego le dio un ataque de tos–. Con malos cuadros el humo es aún peor –dijo haciendo una mueca y apartándose el humo de la cara.

Pero todo esto carece ahora de importancia. Creo recordar que estaba hablando de la visita que Setsuko me hizo el mes pasado. Concretamente, les narraba las anécdotas que Taro contó en la mesa referentes a sus colegas.

Si no recuerdo mal, la cena prosiguió en un ambiente muy agradable. No obstante, cada vez que Noriko nos servía sake, no podía evitar sentirme molesto por Ichiro. Las primeras veces me lanzó miradas de complicidad con una sonrisa a la que yo intentaba responder del modo más neutral posible. Pero, al cabo de un rato, ya no fue a mí sino a su tía a quien observaba malhumorado cada vez que llenaba las tazas de sake.

Después de que Taro nos contara unas cuantas historias divertidas, Setsuko le dijo:

–Usted se burla de todo, Taro-san, pero por lo que me ha dicho Noriko, en su empresa hay muy buen ambiente de trabajo. Así debe dar gusto trabajar.

Taro, de pronto, se puso muy serio.

–Sí, sí lo es –dijo afirmando con la cabeza–. Los cambios que se operaron en la empresa después de la guerra están empezando ahora a dar su fruto. Somos muy optimistas respecto al futuro. De aquí a diez años, si seguimos cumpliendo todos como hasta ahora, KNC no sólo será un nombre importante en Japón sino en todo el mundo.

–Es fantástico. Noriko me estaba contando que el director de su sección es un hombre muy agradable. Eso también debe alentar mucho.

–Exacto. Pero el señor Hayasaka no es sólo un hombre muy agradable, es también una persona muy hábil y competente. Estar por debajo de una persona ineficaz, por agradable que sea, resulta una experiencia muy desmoralizante, créame, Setsuko-san. Para nosotros, que nos dirija alguien como el señor Hayasaka es una suerte.

–Suichi también ha tenido la suerte de tener un jefe muy capaz.

–¿Es cierto, Setsuko-san? Bueno, de una empresa como la Nippon Electrics es lo menos que puede esperarse. No todo el mundo podría desempeñar un cargo de responsabilidad en esa empresa.

–Sí, para nosotros es una suerte. Pero estoy segura de que en la KNC ocurre lo mismo. Suichi siempre habla muy bien de la KNC.

–Discúlpeme, Taro –intervine yo–. Sin duda, en la KNC tienen motivos más que suficientes para ver el futuro con optimismo, pero lo que querría preguntarle es si realmente resulta tan positiva toda esa criba que hicieron después de la guerra. He oído que de la antigua dirección no queda prácticamente nadie.

Mi yerno sonrió con aire pensativo y respondió:

–Me conmueve el interés que manifiesta, padre. Ya sabemos que la juventud y la energía por sí solas no dan siempre los mejores resultados, pero, francamente, era necesaria una renovación a fondo. La empresa necesitaba nuevos directivos, con ideas más acordes al mundo de hoy.

–Por supuesto. Y no dudo que esos nuevos dirigentes sean hombres capaces. Pero dígame, ¿no cree usted que a veces nos apresuramos demasiado en copiar a los americanos? Yo soy el primero que piensa que muchas de nuestras antiguas costumbres hay que hacerlas desaparecer para siempre, pero... ¿no cree que a veces junto a lo malo nos deshacemos también de cosas buenas? La verdad es que en este momento Japón parece un niño que aprendiera de un adulto extranjero.

–Tiene usted razón, padre. En algunas cosas nos hemos apresurado, pero en conjunto, tenemos mucho que aprender de los americanos. Por ejemplo, en pocos años hemos llegado a asimilar valores como la democracia y los derechos de la persona. Tengo incluso la impresión de que el país ha sentado las bases para levantar un gran futuro. Por eso empresas como las nuestras están tan seguras de su porvenir.

–Es cierto, Taro-san –dijo Setsuko–. Suichi comparte esa misma opinión. En numerosas ocasiones le he oído decir que nuestro país, tras cuatro años de desconcierto, empieza a pensar en el futuro.

Yo habría jurado que la observación iba dirigida a mí aunque le hubiese hablado a Taro, pero este debió de pensar lo mismo porque, en lugar de responderle, prosiguió:

–Por ejemplo, padre, la semana pasada tuve ocasión de cenar con mis compañeros de promoción y, por primera vez desde la rendición, todos los allí presentes, independientemente de su profesión, se mostraron optimistas. Por lo tanto, no es sólo en la KNC donde se advierte prosperar las cosas. Y aunque comprendo que se preocupe usted, estoy convencido de que lo que hemos aprendido estos últimos años será muy útil para nuestro futuro. Bueno, quizá me equivoque.

–No, no, en absoluto –le dije sonriendo–. No hay duda de que sois una generación con futuro. Todos tenéis una gran seguridad en vosotros mismos. Sólo deseo que todo os vaya bien.

Cuando mi yerno se disponía a responder, Ichiro alargó el brazo por encima de la mesa y con el dedo le dio unos golpecitos a la botella de sake, cosa que ya había hecho antes. Taro se volvió y le dijo:

–Ichiro-san, vamos, ayúdanos. ¿Qué quieres ser de mayor?

Mi nieto siguió mirando la botella de sake y, al cabo de un rato, se volvió hacia mí con gesto huraño. Su madre le tocó el brazo y le susurró:

–Vamos, Ichiro, tío Taro te está hablando.

–Quiero ser el presidente de la Nippon Electrics –dijo Ichiro en voz alta.

Nos reímos todos.

–¿Estás seguro? –preguntó Taro–. ¿No preferirías ser nuestro jefe en la KNC?

–Nippon Electrics es la mejor.

Volvimos a reírnos.

–Pero ¡qué pena! –exclamó Taro–. Ichiro-san es justo el hombre que nos hará falta en la KNC dentro de unos años.

A partir de ese momento, a Ichiro pareció olvidársele el sake y, cada vez que los adultos nos reíamos por algo, también se reía con nosotros. Sin embargo, al final de la cena, preguntó con un tono casi de indiferencia:

–¿Ya no queda sake?

–Nos lo hemos bebido todo –dijo Noriko–. ¿Te apetece un poco de zumo de naranja?

Ichiro rechazó la oferta muy cortésmente, y se volvió hacia Taro que estaba explicándole algo. Por su actitud me di cuenta de lo decepcionado que debía estar y sentí que me invadía una oleada de irritación contra Setsuko por haberse mostrado tan poco comprensiva con el niño.

Una o dos horas más tarde, cuando fui al cuarto de los invitados para desearle las buenas noches, tuve oportunidad de conversar con él. La luz todavía estaba encendida, pero Ichiro, tapado y de espaldas, tenía media cara contra la almohada. Al apagar la luz vi que en el techo y en las paredes de la habitación se proyectaban las varillas de la persiana, iluminadas por la del apartamento de enfrente. De la habitación contigua llegaban las risas de mis hijas y, al arrodillarme al lado de Ichiro, me susurró:

–Oji, ¿tía Noriko está borracha?

–No, Ichiro, no creo. Sólo se está riendo.

–A lo mejor está un poco borracha, ¿no, Oji?

–Bueno, es posible. Quizá un poco, pero no es nada malo.

–Las mujeres no aguantan bien el sake, ¿verdad, Oji? –dijo riéndose contra la almohada.

Yo me reí y le contesté:

–Ichiro, no tienes por qué enfadarte por lo del sake. La verdad es que no importa. Cuando seas mayor, que será muy pronto, podrás beber todo el sake que quieras.

Me puse en pie y me acerqué a la ventana para intentar quitar un poco más de luz. Subí y bajé la persiana varias veces, pero las varillas estaban tan separadas que no había forma humana de impedir que entrase la luz de las ventanas de enfrente.

–No, Ichiro. No tienes por qué estar disgustado.

Mi nieto se quedó callado durante un buen rato y al final dijo:

–Oji, usted no se preocupe.

–¿Cómo? ¿Qué quieres decir, Ichiro?

–Usted no se preocupe. Si se preocupa, no podrá dormirse. Si la gente mayor no duerme, se pone enferma.

–Muy bien, Ichiro. Entonces te prometo que no me preocuparé. Pero tú no tienes por qué estar disgustado. De verdad, no hay motivo para disgustarse.

Ichiro se quedó callado. Volví a subir y bajar la persiana.

–Claro que... –dije–, si hubieras insistido con lo del sake, Oji ya habría intentado que te diesen un poco. Pero bueno, mejor así. Hemos hecho bien en dejar que las mujeres se salgan con la suya esta vez. No valía la pena que se enfadasen por una tontería.

–En casa –dijo Ichiro–, a veces mi padre quiere hacer algo, pero si madre no quiere, es ella la que gana.

–¡No me digas! –dije riéndome.

–O sea, que usted no se preocupe.

–No, no tenemos motivo, ni tú ni yo. –Me aparté de la ventana y me arrodillé junto a su cama–. Bueno, ahora intenta dormirte.

–¿Se queda esta noche?

–No, esta noche Oji se va pronto a casa.

–¿Y por qué no se queda también usted?

–No hay bastante sitio, Ichiro. Recuerda que Oji tiene una casa muy grande para él solo.

–¿Vendrá usted mañana a despedirse?

–Claro, Ichiro. Claro que sí. Pero vendréis a vernos muy pronto, seguro.

–No se preocupe usted si no ha conseguido que madre me diera sake.

–Estás creciendo muy deprisa, Ichiro –dije riéndome–. Cuando crezcas serás alguien importante. Quizá hasta consigas ser el jefe de la Nippon Electrics. O algo igual de importante. Bueno, y ahora se acabó la charla, a ver si te duermes.

Seguí sentado a su lado un rato, respondiéndole con pocas palabras cada vez que hablaba. Y creo que fue en esos momentos, mientras esperaba en la oscuridad que mi nieto se durmiera, oyendo de vez en cuando las risas que venían de la habitación de al lado, cuando me puse a reflexionar en la conversación que esa misma mañana había tenido con Setsuko en el parque de Kawabe. Hasta entonces no había tenido ocasión de hacerlo, por eso creo que todavía no había calibrado lo mucho que sus palabras me habían molestado. Cuando Ichiro se quedó dormido, me reuní con el resto de la familia en el salón ya, de hecho, bastante enfadado con mi hija mayor. Esa fue sin duda la razón para que, poco después de sentarme, le dijera a Taro:

–Resulta raro cuando uno lo piensa. Ya hace dieciséis años que su padre y yo deberíamos conocernos, y sin embargo, hasta este año, no nos hemos hecho amigos.

–Es cierto –respondió mi yerno–, pero esas cosas pasan. Siempre hay vecinos a quienes damos los buenos días, sin más, y claro, es una pena.

–Pero bueno –dije–, en lo que respecta al doctor Saito y a mí, no sólo éramos vecinos; también estábamos unidos por el mundo del arte, los dos éramos conscientes de nuestra reputación. Por eso es todavía más lamentable que su padre y yo no nos esforzásemos antes por ser amigos. ¿No cree, Taro?

Le lancé una mirada a Setsuko para comprobar que estaba escuchando.

–Sí, es una lástima –dijo Taro–. Pero bueno, al final se han hecho amigos.

–Lo que quiero decir, Taro, es que siendo los dos conscientes de la importancia que teníamos en el mundo del arte por aquella época...

–Sí, sí, es una lástima. Si se sabe que un vecino es un colega importante, es normal buscar una relación más íntima. Pero claro, con todas las ocupaciones que uno tiene, no siempre es fácil.

Me quedé mirando a Setsuko satisfecho, pero mi hija no parecía haber captado la importancia de las palabras de Taro. Como es natural, es posible que no estuviera atendiendo; sin embargo, pienso que había comprendido muy bien las palabras de mi yerno, pero que era demasiado orgullosa para devolverme la mirada, ante la prueba evidente de que se equivocaba de medio a medio cuando aquella mañana me hiciera ciertas insinuaciones en el parque Kawabe.

Paseábamos tranquilamente por la avenida central del parque, contemplando la belleza del otoño en los árboles que se erguían a nuestro lado. Habíamos intercambiado impresiones sobre la nueva vida de Noriko y nuestra conclusión era que realmente se sentía muy feliz.

–Estoy muy satisfecho –dije yo–. Su futuro ya empezaba a preocuparme; en cambio ahora parece que todo va a marchar bien. Taro es un hombre admirable. No se puede pedir más.

–Y parece mentira –dijo Setsuko sonriendo– que haga sólo un año estuviésemos todos tan preocupados.

–Estoy muy satisfecho. Y, ¿sabes?, te agradezco mucho tu ayuda. Le diste ánimos a tu hermana cuando las cosas no iban bien.

–Al contrario, estando tan lejos, no podía hacer nada.

–Pero fuiste tú –le dije riéndome– quien me advirtió que tomara precauciones, ¿no te acuerdas? Como ves, seguí tu consejo.

–Discúlpeme, pero ¿qué consejo?

–Vamos, Setsuko, ya no es necesario tanto tapujo. Estoy dispuesto a reconocer que hay aspectos de mi carrera de los que realmente no tengo motivos para estar orgulloso. Así lo reconocí durante las negociaciones, tal y como tú me sugeriste.

–Discúlpeme, pero no sé a qué se refiere.

–¿No te ha hablado Noriko del *miai*? Bien, aquella noche me aseguré de que mi carrera no pudiera ser obstáculo para su felicidad. Lo habría hecho de todas formas, sin embargo, agradecí que me lo aconsejaras.

–Discúlpeme, padre, pero no recuerdo que le diera ningún consejo. No obstante, Noriko me ha comentado muchas veces la noche del *miai*. Recuerdo que me escribió para decirme lo sorprendida que estaba por las palabras que padre... que había dicho usted de sí mismo.

–Sí, me imagino que la sorprendieron. Noriko siempre ha infravalorado a este viejo que tiene por padre, pero no soy de los que hundiría a su hija en la desgracia por negarse a ver las cosas como son.

–Noriko me contó que el modo en que se comportó usted aquella noche la desconcertó mucho. Por lo visto, también a los Saito los desconcertó. Nadie entendía muy bien qué pretendía usted. Suichi se sorprendió mucho cuando le leí la carta de Noriko.

–¡Es increíble! –dije riendo–. ¡Si fuiste tú la que me impulsó a hacerlo! Fuiste tú la que me sugirió que «tomara precauciones» para que no patináramos con los Saito como habíamos patinado con los Miyake, ¿no te acuerdas?

–Cualquiera diría que he perdido la memoria, pero no, no recuerdo nada de eso.

–En fin, Setsuko, es increíble.

Setsuko se detuvo y exclamó:

–¡Qué bonitos están los arces en esta época del año!

–Es cierto –dije–. Y conforme avance el otoño lo estarán aún más.

–Es fantástico. –Mi hija sonrió y seguimos caminando. Al cabo de un rato dijo–: ¿Sabe, padre?, ayer hablando de no sé qué cosa, Taro-san mencionó casualmente una conversación que había tenido con usted la semana pasada, sobre un compositor que acababa de suicidarse.

–¿Yukio Naguchi? Ah, sí, la recuerdo. Pero creo que Taro opinaba que el suicidio de Naguchi no tenía sentido.

–En fin, a Taro le preocupaba el interés que mostraba por la muerte del señor Naguchi. Sobre todo que comparase usted su carrera con la de él. Fue algo que nos preocupó a todos. En realidad, desde hace algún tiempo estamos todos bastante preocupados. Ahora que está jubilado, quizá esté usted un poco deprimido.

Me reí:

–En ese sentido podéis estar tranquilos, Setsuko. No pienso seguir el ejemplo del señor Naguchi.

–Por lo que he oído, las canciones del señor Naguchi se hicieron muy famosas en todo el país durante la guerra. Al parecer, su deseo de compartir la responsabilidad que también tenían políticos y generales no carecía de fundamento. Comete usted un error si se ha comparado alguna vez con ellos. Después de todo, usted era pintor.

–Setsuko, te aseguro que no pienso seguir el ejemplo del señor Naguchi. Aunque el orgullo no me impide reconocer que en otra época yo también fui un personaje influyente, por más que el resultado acabara siendo desastroso.

Mi hija se quedó un rato pensativa y después añadió:

–Discúlpeme, pero quizá haya que ver las cosas tal y como son. Usted hizo unos cuadros maravillosos y, sin duda, de todos los pintores fue el más influyente. Pero ¿qué influencia pudo tener su obra en todo esto que estamos hablando? Tiene que dejar de seguir sintiéndose culpable.

–Tu consejo es muy distinto del que me diste el año pasado, Setsuko. Por entonces parecía que mi carrera podría tener un peso decisivo.

–Discúlpeme, padre, pero sigo sin entender por qué hace usted alusión a las negociaciones del matrimonio. Me intriga saber qué importancia podía tener su carrera en el asunto. Por lo visto a los Saito no les preocupaba en absoluto y, como le he dicho, se quedaron muy sorprendidos con su actitud el día del *miai*.

–No salgo de mi asombro, Setsuko. El caso es que el doctor Saito y yo nos conocíamos desde hacía tiempo. El era uno de los críticos de arte más eminentes de la ciudad. Mi carrera, por lo tanto, no le debía ser desconocida. Creo que hice bien, sobre todo tal y como estaban las cosas, en exponer claramente lo que pensaba al respecto. Además, estoy seguro de que el doctor Saito apreció mi conducta.

–Perdone, pero, por lo que dijo Taro-san, el doctor Saito nunca siguió su carrera muy de cerca. Siempre fueron buenos vecinos, por supuesto. Pero al parecer no sabía que usted estuviese metido en el mundo del arte hasta que empezaron las negociaciones.

–Te equivocas, Setsuko –contesté riéndome–. El doctor Saito y yo nos conocíamos desde hacía muchos años. Muy a menudo nos encontrábamos en la calle y hablábamos de arte.

–Pues debo estar equivocada. Discúlpeme. Sin embargo, hay que dejar bien claro que nadie le ha reprochado a usted nada de su pasado. Por lo tanto, deje de compararse con ese pobre compositor.

No insistí en seguir discutiendo con Setsuko y rápidamente pasamos a hablar de temas más banales. Sin embargo, no me cabe la menor duda de que mi hija se equivocaba en muchas de las cosas que afirmó aquella mañana. Por una parte, era imposible que el doctor Saito no conociera mi fama de pintor durante aquellos años. Y si esa noche después de la cena conseguí que Taro corroborase lo que yo decía fue sólo para convencer a Setsuko, dado que yo, personalmente, nunca he tenido la menor duda. Todavía recuerdo, por ejemplo, aquel soleado día de hace dieciséis años, en que el doctor Saito me dirigió la palabra por primera vez, mientras yo reparaba la cerca de mi casa. «Es un gran honor tener en el barrio a un artista de su categoría», había dicho al ver mi nombre en la puerta. Lo recuerdo muy bien. No hay duda, por lo tanto, de que Setsuko se equivoca.

Junio, 1950

Ayer, a última hora de la mañana, cuando recibí la noticia de la muerte de Matsuda, me preparé una comida ligera y después salí a hacer un poco de ejercicio.

Era un día caluroso. Bajé la colina y, al llegar al río, subí al Puente de las Vacilaciones para mirar a mi alrededor. El cielo estaba azul claro y, río abajo, justo a la altura de la nueva urbanización, vi a dos niños al borde del agua, jugando con cañas de pescar.

Aunque tenía la intención de visitar regularmente a Matsuda, sobre todo después de haber reiniciado mi amistad con él con motivo de la boda de Noriko, hasta el mes pasado no pude volver al barrio de Arakawa. Fui sin pensarlo y sin que se me pasara por la cabeza que Matsuda tuviera los días contados. Quizá Matsuda haya muerto un poco más feliz después de haber compartido sus pensamientos conmigo aquella tarde.

Al llegar a su casa, la señorita Suzuki me reconoció enseguida y me invitó a entrar. Mi primera impresión fue que Matsuda había recibido pocas visitas desde que yo estuviera allí dieciocho meses atrás.

–Está mucho más fuerte que la última vez que usted vino –me dijo muy contenta.

Me hizo pasar al recibidor, y unos minutos más tarde entró

Matsuda, sin ninguna ayuda, vestido con un kimono muy ancho. Se le notaba feliz de volver a verme y, durante un rato, hablamos de nimiedades y de algunos conocidos. Fue después de que la señorita Suzuki apareciera para traernos el té cuando me acordé de darle las gracias por la amable carta que me había escrito la última vez que yo había estado enfermo.

–Por lo que veo, te has recuperado –apuntó–. Por tu aspecto, nadie diría que has estado enfermo.

–Ya me encuentro mucho mejor –dije–. Pero aún tengo que cuidarme y, sobre todo, no separarme de este bastón. Por lo demás, me siento tan bien como siempre.

–Qué desengaño... ¡Y yo que pensaba que nos pondríamos a hablar de todos nuestros achaques! En cambio, ya te veo, estás igual que la última vez. No puedo más que envidiarte.

–Qué tontería, Matsuda. ¡Con el buen aspecto que tienes!

–No creas que vas a convencerme –contestó riéndose–, aunque es verdad que he recuperado unos cuantos kilos este año. Pero dime, ¿Noriko-san está contenta? He oído que por fin se había celebrado la boda. La última vez que viniste, te preocupaba mucho su futuro.

–Sí, al final todo ha salido bien. Para el otoño espera un niño. Después de tanta preocupación, las cosas han salido como yo esperaba.

–Vas a tener un nieto en otoño. Es una gran alegría.

–Debo decirte –añadí– que mi hija mayor espera un segundo hijo el mes que viene. Está deseando que llegue. O sea, que la buena noticia es doble.

–Por supuesto, ¡dos nietos! –Se quedó asintiendo con la cabeza mientras sonreía–. Tú sabes, Ono, que siempre he estado demasiado ocupado intentando arreglar el mundo para pensar en el matrimonio. ¿Te acuerdas de las discusiones que teníamos tú y yo justamente antes de que te casaras con Michiko-san?

Los dos soltamos una carcajada.

–¡Dos nietos! –volvió a exclamar–. Vaya alegría.

–Es cierto, he tenido mucha suerte con mis hijas.

–Y dime, ¿sigues pintando?

–Alguna que otra acuarela. Para pasar el tiempo. Plantas y flores. Sólo por darme el gusto.

–En cualquier caso, me alegro de que pintes. La última vez me dio la impresión de que lo habías dejado. Te vi muy desanimado.

–Lo estaba. He pasado años sin tocar un lienzo.

–Sí, parecías muy desanimado. –Me miró sonriendo y continuó–: ¡Cuando pienso en tus grandes proyectos!

Le devolví la sonrisa antes de contestar:

–Tú no aspirabas a menos, Matsuda. Después de todo, fuiste el autor del manifiesto de nuestra campaña durante la crisis de China. Y no dirás que el texto pecaba de humilde.

Los dos volvimos a soltar una carcajada y Matsuda dijo:

–Recordarás que solía llamarte ingenuo. Hasta te acusaba de ser un artista con pocas ambiciones. Hay que ver cómo te enfadabas conmigo. Ahora ya ves, por lo visto ninguno de los dos éramos lo suficientemente ambiciosos.

–Sí, tienes razón. Pero ¿quién sabe? Quizá con una visión más clara de las cosas, podríamos haber aportado mucho. Energía y valor no nos faltaban, si no, nunca podríamos haber sacado adelante aquella campaña que hicimos en favor del Nuevo Japón, ¿te acuerdas?

–Sí, en aquella época teníamos mucha gente en contra. Lo normal es que nos hubiésemos desanimado, pero no, nuestra voluntad fue más fuerte.

–Yo, en todo caso, nunca tuve una visión muy clara de las cosas. Como tú dices, no era un artista ambicioso. ¿Sabes?, incluso hoy, el mundo sigue siendo para mí esta ciudad y poca cosa más.

–Piensa que más allá de mi jardín ya no hay mundo para mí. O sea, que quizá seas tú ahora el más ambicioso.

Volvimos a soltar una carcajada y Matsuda tomó un sorbo de su taza de té.

–En fin, no tenemos por qué reprocharnos nada –dijo–. Creíamos en lo que hacíamos y nos esforzamos en todo al máximo, sólo que al final resultó que no éramos hombres tan especiales ni tan perspicaces como habíamos creído. Nuestra desgracia fue haber sido hombres normales en una época que no lo era.

Desde que Matsuda había hecho alusión a su jardín, mi atención se había desviado en esa dirección. Era una agradable tarde de primavera y, como la señorita Suzuki había dejado una mampara medio abierta, alcanzaba a ver el brillo del sol reflejado en los pulidos tablones de la terraza. La brisa que entraba en la sala tenía un ligero olor a humo. Me puse de pie y me acerqué a las mamparas.

–El olor a quemado me sigue molestando –apunté–. Hasta hace poco aún lo asociábamos al fuego y a las bombas. –Seguí contemplando el jardín y al cabo de un rato añadí–: El mes que viene hará cinco años que Michiko murió.

Matsuda guardó silencio durante unos instantes, hasta que le oí decir a mis espaldas:

–Ahora, cuando huele a quemado es porque algún vecino está arreglando el jardín.

Del interior de la casa nos llegaron las campanadas de un reloj.

–Es hora de darles de comer a las carpas –dijo Matsuda–. ¿Sabes?, me he tenido que pelear varias veces con la señorita Suzuki para que me vuelva a dejar alimentar a las carpas. Antes lo hacía todos los días, pero hace unos meses tropecé en una de las piedras planas del jardín y desde entonces he tenido discusiones con ella un montón de veces.

Matsuda se puso de pie, nos calzamos unas sandalias de esparto que había en la terraza y bajamos al jardín. Con mucho cuidado seguimos por el sendero de piedras lisas que sobresalían entre el suave manto de musgo, en dirección al estanque, que brillaba con el sol.

Ya en el estanque, mientras observábamos el agua verdosa, nos sorprendió un ruido. Al levantar la mirada, vimos a un niño de unos cinco años agarrado a la rama de un árbol con las dos manos, que nos observaba por encima de la cerca del jardín. Matsuda, sonriendo, le gritó:

–¡Hola, Botchan!

El chico siguió mirándonos durante unos instantes y después desapareció. Matsuda sonrió y empezó a echar comida al agua.

–Es el hijo de un vecino –dijo–. Todos los días, a esta misma hora, se sube a ese árbol para ver cómo doy de comer a los peces, pero es muy tímido y cuando intento hablarle sale corriendo. –Soltó una breve carcajada–. A veces me pregunto por qué se toma ese trabajo todos los días. No creo que sea fascinante ver a un viejo, con su bastón, dando de comer a unas carpas al lado de un estanque.

Volví a mirar en dirección a la cerca, donde antes había visto la carita del muchacho, y dije:

–Hoy se habrá llevado una sorpresa. En vez de un viejo con bastón al lado de un estanque, ha visto dos.

Matsuda se rió y siguió echando comida al agua. Las escamas de dos o tres carpas que habían subido a la superficie, brillaban con la luz del sol.

–Militares, políticos, hombres de negocios, a todos se les ha culpado de lo que ocurrió en este país. Nosotros, en cambio, sólo tuvimos un papel marginal. Ya a nadie le importa lo que hicimos personas como tú y yo. Para la gente sólo somos dos viejos con bastón. –Me sonrió y siguió alimentando a los peces–. Ahora somos los únicos que nos preocupamos. Vemos los errores cometidos en nuestra vida, pero, en realidad, somos los únicos que nos preocupamos todavía por esas cosas.

A pesar de haber pronunciado estas palabras, algo en el talante de Matsuda sugería aquella tarde que podía ser cualquier cosa menos un hombre desencantado y no había, sin duda, razón alguna para que muriera desencantado. Podía, desde luego, haber rememorado su vida y descubierto ciertos baches, pero también tenía muchos motivos para sentirse orgulloso. Como él decía, siempre es una satisfacción saber que lo que hicimos gente como él y como yo, lo hicimos de buena fe. Reconozco que, a veces, tomábamos decisiones demasiado audaces y, a menudo, actuábamos sin pensar en las consecuencias, obsesionados por una idea; pero más vale eso que no atreverse a expresarla por falta de voluntad o coraje. Cuando nuestras convicciones llegan a ser muy profundas, hay un momento en que es imposible disimular sin inspirar desprecio. Estoy seguro de que Matsuda, cuando reflexionara sobre lo que había sido su vida, corroboraría mis palabras.

Hay un momento en particular que acude muchas veces a mi memoria. Fue en mayo de 1938, justo después de que me concedieran el premio de la Fundación Shigeta. Antes ya había recibido otros premios y distinciones; sin embargo, a los ojos de la gente, ninguno tenía parangón con aquél. Además recuerdo que esa misma semana habíamos terminado la campaña sobre el Nuevo Japón, que había resultado un gran éxito. Aquella noche, por lo tanto, fuimos a celebrarlo al Migi-Hidari. Copa tras copa escuché los discursos que en mi honor pronunciaban mis discípulos y algunos de mis colegas, sentados a mi alrededor. Toda la gente que yo conocía pasó aquella noche por el Migi-Hidari para felicitarme. Recuerdo que hasta un jefe de policía, a quien no había visto en mi vida, entró a presentarme sus respetos. No obstante, a pesar de lo feliz que me sentía, no tenía la sensación de plenitud y de triunfo que debería haberme proporcionado el premio. En realidad, no tuve esa sensación hasta unos días después, mientras paseaba por las lomas de la provincia de Wakaba.

Desde que dieciséis años antes abandonara decidido la casa de Mori-san –a pesar de mis muchas dudas en cuanto a lo que pudiera depararme el futuro– no había vuelto a Wakaba. Aunque había roto todo contacto con mi antiguo maestro, durante aquellos años me mantuve informado de cualquier noticia referente a él. Sabía por lo tanto que su reputación en la ciudad era cada día peor. Sus tentativas de introducir las corrientes europeas en la tradición de Utamaro le valieron el calificativo de antipatriota. En ocasiones exponía, no sin dificultades, pero lo hacía en salas cada vez menos prestigiosas. Me enteré, por distintas fuentes, de que había empezado a ilustrar revistas populares para poder equilibrar su presupuesto. Al mismo tiempo, estaba casi seguro de que Mori-san habría seguido mi trayectoria como artista y era muy probable que supiera que me habían concedido el premio de la Fundación Shigeta. Aquel día, por lo tanto, llegué a la estación del pueblo y bajé del tren, muy consciente de los cambios que el tiempo nos había deparado a cada uno de nosotros.

Era una soleada tarde de primavera. Me dirigí a la casa de campo de Mori-san recorriendo los accidentados senderos que cruzaban el bosque. Caminaba despacio, con el placer de volver a hacer un camino que conocía muy bien, pensando constantemente en la sensación que me produciría verme de nuevo cara a cara con Mori-san. ¿Me recibiría como a un invitado de honor o se mostraría frío y distante como durante los últimos días de mi estancia en su casa? También era posible que me tratara como me había tratado siempre cuando era su discípulo preferido, es decir, que fingiese desconocer que la situación había cambiado. Esta última actitud era para mí la más probable y recuerdo que no dejaba de pensar en cómo debía comportarme. Decidí olvidarme de antiguas costumbres, no le llamaría Sensei, me dirigiría a él como quien se dirige a un colega. Y si se negaba a reconocer mi nueva posición, con una sonrisa amistosa le diría algo así: «Como ve, Mori-san, no he tenido que ponerme a ilustrar revistas como usted se temía.»

Al final llegué a la altura del sendero desde donde se divisa la hondonada de árboles entre los cuales se levanta la casa. Como solía hacer en otros tiempos, me detuve a admirar el paisaje. Corría una brisa fresca y los árboles de la hondonada se balanceaban suavemente. De pronto me hice la pregunta de si habrían restaurado la casa, pero, a aquella distancia, me era imposible averiguarlo.

Pasado un rato me senté entre los hierbajos que crecían al borde del sendero y seguí mirando la casa de Mori-san. Saqué las naranjas que llevaba en la bolsa, compradas en un puesto cerca de la estación, y, una a una, empecé a comérmelas. En esos momentos, mientras las saboreaba mirando la casa, empezó a invadirme ese sentimiento profundo de triunfo y satisfacción, sentimiento difícil de expresar, muy diferente del entusiasmo que uno siente con los pequeños logros y, como he dicho, muy diferente también de lo que sentí en el Migi-Hidari después de recibir el premio. En esos momentos, experimentaba esa profunda felicidad que proporcionaba saber que el trabajo realizado, los momentos de duda y, en fin, todos los esfuerzos que uno ha hecho en la vida han valido la pena; que el resultado es realmente valioso y único. Aquel día no me acerqué a la casa. Me quedé allí sentado, profundamente satisfecho, alrededor de una hora, comiéndome las naranjas.

No creo que haya mucha gente que sepa lo que es ese sentimiento. Por lejos que llegue gente competente e inofensiva como el Tortuga o Shintaro, nunca conocerá la felicidad que experimenté yo aquel día. Gente como ellos ignora lo que es luchar contra la mediocridad arriesgándolo todo.

El caso de Matsuda, en cambio, es diferente. Aunque discutíamos muy a menudo, enfocábamos la vida desde el mismo ángulo, y estoy seguro de que también él habría rememorado momentos parecidos al que he descrito. Estoy seguro de que la última vez que hablamos, cuando me dijo con una gran sonrisa: «Nosotros al menos creíamos en lo que hacíamos, y poníamos todo nuestro empeño en ello», se planteaba lo mismo que yo. Naturalmente, puede ocurrir que, con el paso de los años, ya no valoremos nuestros actos del mismo modo, pero, aun así, siempre es un consuelo saber que en la vida hemos tenido uno o dos momentos de satisfacción como el que sentí aquel día en lo alto del sendero.

Ayer por la mañana, después de quedarme un rato en el Puente de las Vacilaciones pensando en Matsuda, seguí mi paseo hasta el barrio que en otros tiempos acogiera nuestra vida nocturna. Es una zona que casi resulta irreconocible por la cantidad de edificios nuevos que han construido. La callejuela que antes cruzaba el barrio, siempre abarrotada de gente bajo las banderolas de los distintos establecimientos, es ahora una carretera bastante ancha por donde sólo pasan camiones, y en el sitio donde estaba el bar de la señora Kawakami han levantado un bloque de oficinas de cuatro pisos con la fachada de cristal. Todos los edificios de la zona son más o menos de ese tipo y, durante el día, oficinistas, repartidores y mensajeros entran y salen constantemente. Para encontrar algún bar hay que ir hasta Furukawa. De antes apenas queda algún pedazo de cerca o algún árbol que sólo constituyen una nota discordante, ajena al resto del lugar.

Donde estaba el Migi-Hidari hay ahora un patio adonde dan unas cuantas oficinas situadas a espaldas de la carretera. Una parte del patio sirve de aparcamiento para ciertos empleados de categoría, pero el resto no es más que un gran espacio asfaltado con unos cuantos arbolitos dispersos. En la parte de delante, frente a la carretera, hay un banco como los que se ven en los parques. ¿Con qué objetivo lo han puesto? No lo sé, porque la verdad es que con todas esas personas atareadas que siempre pasan por aquí, nunca he visto ninguna que se siente a descansar. El caso es que me gusta pensar que el banco está situado más o menos en el mismo sitio que la mesa que teníamos en el Migi-Hidari, y por eso de vez en cuando suelo ocuparlo. Quizá no sea un banco público. De todas formas está cerca de la acera y nadie me ha dicho nunca nada. Ayer por la mañana volví a sentarme y, al suave resplandor del sol, me quedé un rato observando lo que ocurría a mi alrededor.

Debía de faltar poco para la hora de la comida, porque la acera de enfrente se empezaba a llenar de empleados vestidos con camisas de un blanco reluciente. Salían del edificio de cristal emplazado en el mismo lugar donde estuvo el bar de la señora Kawakami. Observé a aquellos jóvenes, sorprendido por su entusiasmo y buen humor. En un momento dado, dos muchachos que salían se detuvieron a hablar con otro que entraba. Se quedaron en los escalones de entrada, los tres riéndose entre los destellos del cristal. Uno de ellos, el que veía con más claridad, era el que más se reía, con esa cara de inocencia propia de los niños. Luego se separaron con paso resuelto y cada uno siguió su camino.

Mientras sentado en el banco observaba a aquellos empleados, también a mí me dio por reírme. Es natural que a veces, cuando recuerdo las luces de los bares brillantemente iluminados y toda aquella gente que se apiñaba bajo las lámparas, riéndose, quizá un poco más escandalosamente que estos jóvenes que vi ayer, pero con la misma inocencia, sienta cierta nostalgia del pasado y añore nuestro antiguo barrio tal como era. Sin embargo, ver cómo se ha reconstruido nuestra ciudad y lo deprisa que se ha recuperado, me llena de satisfacción. Parece que, a pesar de los errores cometidos, nuestro país puede todavía enmendar su destino. A estos jóvenes, por lo tanto, no nos queda más que desearles lo mejor.

INDICE